U0651831

大忘路

给你一个留在城市的理由

文艺地浪来浪去，有趣地讲故事

大忘路——著

CNS PUBLISHING & MEDIA
湖南文艺出版社 HUNAN LITERATURE AND ART PUBLISHING HOUSE
博集天卷 CS-BOOKY

大忘路

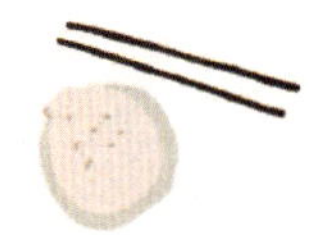

Chapter2

光是好好活着已经很累了

大城市也好，小城市也好，不管坐标在哪里，
只要过成自己想要的样子，就是过得好吧。

Chapter3

因为爱你，我想变得富有

日子过得即使不如想象中精彩。没有遇到想爱的人。没有成为牛×的人。但我们仍在很多人的生命中被需要。

Chapter4

你的爱情像盐还是糖

想见的人去见，想追的人去追，想牵手的人，就去试着牵手。

Chapter5

别担心，没人会在乎你

不是每个人都可以幸运地成为理想中的自己，这是我们不得不接受的现实。

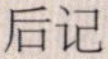

后记

12
9
3
WANAN
6

序　言

我们正在慢慢适应世界的悲伤，也从来不拒绝合理的疯狂

文/马頔

我们正在慢慢适应世界的悲伤，也从来不拒绝合理的疯狂。

没干过写序的事，拖了一个多月才敢动笔，抽了半盒烟才憋出一句，毕竟我也不是一个能把命题作文写好的主儿，生怕提笔就是一套流水账。

上高中的时候，坐车上学三百六十五天有一多半就要经过大望路，那岁数，看着大望路的高楼林立就是一个梦。每每公共汽车停靠的那三十秒，我都会张望一会儿，幻想总有一天我也是在这其中忙碌的一位，可以每天上班和熟识的街边小贩打个招呼，下班和漂亮的女同事走在街上侃侃而谈，再奢望一步，可以随意进出奢侈品商店也不用畏畏缩缩，胆小、可笑，也真实。虽然也想过要不然当

个作家，或者靠唱歌养自己一辈子，但不切实际的想法过后，也不敢再有什么非分之想，那时候成功学还没今天这么泛滥，上网也止于玩玩游戏，不比六七岁时的快活，也不像今天这么复杂。

后来上了大学，就是那几年的年少轻狂，恨不得把自己积攒的所有能量全都报复给生活。做了太多无用的事，总觉得时间还早，浪费着时光还不忘了十分狂妄，喜欢哭喜欢笑，就是不愿意冷静和理性，期待着马上能毕业，去实现自己那些看似高大且高尚的梦想。梦想啊梦想，那时候最不羞愧的就是谈及梦想，恨不得见人就去表一表，就和第二种爱情一样。现如今想起来真是太可爱了，毕竟不会再把这些傻话说得那么义正词严，也越来越不习惯在人前被感动，勉强出落成一个铁石心肠的成年人。

真毕了业，自己倒是傻了，独自面对社会，包含善意地把自己送过去被现实抽了个鼻青脸肿才缩回脖子，学会了谨慎、学会了小心、学会了臭不要脸、学会了隐藏善意。梦想还有吗？有啊。还总说吗？说得少了，酒喝得多了。

这两年我又开始经常路过大望路，前几天还去那个著名的商场给我们家老太太买了个生日礼物。站在门口看，对面的小贩没剩几个了，车站旁边的饭馆也不知道换过多少老板，那时候觉得欣喜奔波的人群，离近了看，好像也不是那么快乐，也分不清这心情是自己的还是他们的。

现在想想，那几年我们一起活在一层一层的梦里，拼了命地想超脱每个梦，谁能想到非但醒不过来，还一个劲儿梦的都是不情不愿的零散、琐碎和平凡。再之后的事，就是连自己也不知道是麻木了还是习惯成了自然，从二十出头走进社会，妄图改变世界，再到制造波澜后的波澜不惊，我们已然改头换面，平添了一副沧桑，但世界呢，还是一样不喜不悲。所有人都想起来了，不论贫穷或者富有，就连部分成功人士贩卖的也不过是：“我只想做一个普通人！而今我只是很有钱罢了，但我还是那个我。”我们活着不过是想活得自在，转了一圈才认清了自己是个普通人，可喜也可悲，好在永远不晚。

第一次知道大忘路是去年的事，一见这个名字就有一种亲切感，首先，它和我的生活重叠。其次，单是一个忘字，已经让初识的人多了一层揣摩，是匆匆迷途，还是去处不念？随手翻了几篇文章，看不到太多具象深意，也许还带了点寡盐鸡汤的意思，倒也没皱眉头，不自觉地有点嘴角上扬了。有人性也任性，我读出了一个普通人应有的七情六欲，褒贬之间只在喜好，也全然不去评判对错这种扯淡的标准，着实有趣。

之后一年，有幸见到了其中的几位编辑，更印证了初识的好感。一直认为用单纯去评价一个成年人是对其心智的侮辱，所以我喜欢用善良这个词，他们善良，善于发现微小事物里的惊喜，会在苦难贫瘠里找到乐子，可以体察狂欢里的忧愁，所以见到本人后也不会惊讶那些文章里的笑和泪出自他们的手笔。

以人而论，时常告诫自己是个普通人不是坏事，不论是高高在上还是低过尘埃，人贵在自知，插一嘴，这里的意思不是在宣扬就要做一个碌碌平常的庸人，也不是在教导别人向环境卑躬屈膝。为的其实不外乎活得谨慎，不至于活得出格而太过劳累，可谁都清楚，只是谨慎也能把人累个半死，也正是作为人，更可贵的就是剥离了边缘，时不时地走到没有保护的圈外溜达一趟，这种小冒险既刺激也提神，让人明白事理，也提醒自己还活着，何乐而不为呢。

想送给大忘路一句话，是评价也是祝福，就是开篇的那句——我们正在慢慢适应世界的悲伤，也从来不拒绝合理的疯狂。

2016年11月1日

> 大望路很魔幻，
>
> 这里有人买PRADA眼睛眨都不眨，
>
> 也有人为午饭是买黄焖鸡米饭还是桂林米粉都要考量三分。

Chapter 1

没有人
真的属于大望路

大忘路

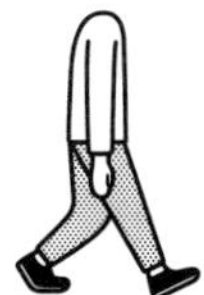

在北京
地铁里的日子

文/保安007

他喜欢挤地铁，不单单是因为便宜。

在这里，他每天都能看到各式各样自己喜欢的女生类型，脑子里一天可以换一个情人。

这样的“地下单人恋”他已经坚持了两年多，从国贸到昌平，从大望路到西三旗，每一次“相遇”在他眼里都很罗曼蒂克，个个都是出水芙蓉。

这也让他练就了一身本领——能在几千个沁出一层汗水的脑门上，一眼扫出“人中凤”。

这个是小可爱，那个适合当小情人，隔壁车厢的真是极品到家了……

但最近地铁里的女生质量有所下降，精神面貌都不是很好。

也许是物价的上涨，也许是LV出了新款的包包，也许，大部分的人都该交房租了……

地铁上只有叹气、汗水和低头，压抑到没有一丝“恋爱”的气息，毕竟，“相爱没有那么容易，每个人都有他的手机”。

“大包小包请过安检。”“身份证拿出来看一下。”“嘀……”把地铁卡放回了包里。

今天还是和昨天一样，昨天和过去的两年一样，机械般进站。和往常不一样的是，虽然等地铁的人还是那么多，但他的面前却空出了两个座位。一屁股坐下，掏出手机佯装刷朋友圈，默默观察列车上的每一位女乘客和打扮得像女乘客的男乘客——整整刷了三站朋友圈，一无所获。

第四站时，突然眼前一亮。地铁里走进来一个提着包的女生，皱着眉，环顾四周在找位子。

啧啧，这长发，我喜欢。

啧啧，这细腰，我喜欢。

啧啧，这大长腿，我喜欢。

啧啧，这长相，我喜欢。

他下意识地挪了挪屁股，让身边的空座更明显一些。

谢天谢地，她发现并选择了这个空座。

他咽了一口唾沫，赶紧掏出耳机，假装听歌。此刻的他多想让她看到自己的歌单。

没有“爱上一匹野马，可我的家里没有草原”，也没有“简单点，说话的方式简单点”……一水的英文歌，歌名的英文单词一个比一个陌生。

歌单，是让他觉得自己和天底下的凡夫俗子拉开距离的黄色警戒线。

歌单，是他的尊严。

女生坐下来，把包抱在胸前，头发向后一捋，别到耳后。他瞥见了她脖子后面白皙的肌肤。啧啧，白得刺眼，要是亲上去肯定很柔软。

他听歌，沉默。

她低头，沉默。

沉默着的是整个地铁 1 号线。

此刻他多想变成她胸前的包，随着呼吸上下起伏。

这么柔顺的头发，变成发卡也行！

洁白的小臂没有一根汗毛，白白净净的像藕段，变成手表也行！

嘴唇怎么这么好看？！好像半开的牵牛花，变成口罩也行！

这么漂亮的女孩，一定很有内涵。

只要能贴近她，就算变成任何东西都成！！

好想跟她促膝长谈。

读聂鲁达吗?

知道杨绛吗?

去过西藏吗?

喝不喝星巴克?

他甚至还没有想出开口跟女孩聊的第一句话，就已经在脑海里想象了无数段和女孩在一起的场景了。

故事好像有了些插曲，她从包里找出手机，用屏幕照了照自己，看看自己的卡姿兰大眼睛睫毛膏有没有被汗水打湿掉。

啥玩意儿?！ iPhone 6 Plus。

这么纯洁的人，怎么会跟风用这种万恶的产物，这种大众货，一点都不清新脱俗。

她低头按了几下手机，笑了一下，把手机放在胸前，又把手伸向包里翻来翻去。

那部金灿灿的手机明晃晃地灼着他的眼睛。

“你也不过就是个玩物，玩物！”他在心里狠狠地骂道，说着把华为放到了口袋里。看来他再也不打算让她看到自己的歌单。

女生抬起头，看了一眼站名，眼睛又大又水汪汪的。

他面红耳赤地把头低下去，心想：这么好看的眼睛，为什么会是被物质束缚的那类庸俗的人。

这么好看的姑娘，精神上一定很空虚吧?

肯定经常半夜孤独地哭泣吧?

内心一定有很多无法分享的苦楚吧?

这么大的胸和那么细的腰，肯定是社会把她逼成这个样子的吧?

肯定是的!

还好上帝这么眷顾她，给她这么好的容颜。但她还不是和我一样，挤在这狭小的地铁里。

她的昨天和他的昨天并没有什么差别。

速食食品，加班，熬夜，PPT，韩剧，地铁，回龙观。

她不懂，为什么上天给了她这么一张天使的脸，却要送她一个魔鬼的命。

她的生活里充满了偏见。

她的头发那么好，一定是用跟别人在一起的钱护理的。

她的手指那么好看，一定是因为没加过班，更别说吃苦了。

她一定是涂口红了，嘴唇才这么好看。

她的胸那么大，一定是垫的。

她的脸那么好看，一定是整的。

她所有的都是假的。

她也羡慕每周一早晨上班，桌上那一束跟她一样好看的鲜花。

她也想拥有各大商场的积分会员卡。

她想要有泡芙和摩卡的下午茶，她想要限量款的箱包和高跟鞋。

想当那些人眼里的贵妇人。

并且以她的姿色这些好像都应该是顺理成章的。

因为姿色好、身材棒，总会接到公司的应酬。周总、李总、孙董事的名片有一套扑克牌那么厚，可她不明白，对她最痴迷的为什么除了前台的快递员就是小区楼下的保安。

中午要和“海龟”投资方、地产一霸的小儿子共进午餐，汇报周报。而现在，却挤着要人命的地铁。

她物质上很匮乏，心里也很缺爱。

地铁里有座，能算作是生活里不幸中的小确幸了吧。旁边的小哥文质彬彬，虽然衣服看上去很朴素，但是颜色搭配还算靠谱。更厉害的是，她掏手机的时候瞄到了他的歌单。嗯……算是有些品位，最少是个会装 × 的人。

地铁上每个人都压抑着表情，沉默着灵魂，她多想找一个人聊聊自己的过去和未来、受过的委屈和辛酸，哪怕对方是个聋哑人，或者智障，或者就是身边的这个他。

你也是北漂吗?

加班多吗?

花粉过敏吗?

喜欢看韩剧还是日剧?

什么都好，聊什么都好，只要能好好倾听她，好好听她说上一个小时的话。

手机屏幕亮了，一条短信，是银行发来的，这个月的工资到账了。她笑了笑，按了按手机，放进包里，掏出平时的记账本。前半部分是花销和收入，后半部分是她的愿望清单。对了半天账，发现自己想要的一台空气净化器还差几千块才能凑齐。她沉默了。差点坐过站，抬头望了望站名。

眼神又晃到了身边的男人，告诉自己，他是很好，但是聊天的场景不应该是在地铁里啊……

他和她都下了车，背对背向相反的方向走去。

明明心里都想和对方说上一句话。

但是他们明白，彼此心仪的对象和理想的谈话都不应该出现在地铁里。大概是因为都觉得对方太穷了吧……

他觉得这个社会糟透了。

她说："这真是个令人无奈的世界啊。"

大望路站到了，
请带好你的野心下车

文/排版002

我在北京地铁 1 号线的大望路附近上班。

大望路有根大烟囱，每天九十度站立，是这一带广告人的精神支柱。

我每天坐地铁上班。

北京地铁有多挤呢，高峰期时你能感觉到有人隔着衣物在顶你。人与人之间的距离可以是负两厘米吧。

不过北京的通勤大多是这样子，那种“换乘三次坐三十站地铁也要赶在上班时间前打卡”的日子，若干年后依然是很热血的回忆。

大望路很魔幻，这里有人买 PRADA 眼睛眨都不眨，也有人为午饭是买黄焖鸡米饭还是桂林米粉都要考量三分，很包容嘛，是北京该有的样子，很适合我这种北漂青年嘛。

我不是那种抱着清晰职业规划、准备在北京大闯一番的人，只知道自己除了会写点东西就没什么拿得出手的，却赶了个好时机，到一家业内很有名的新媒体公司当文案。

当时刚入职的我干劲儿十足，每天打醒十二分精神做好分内工作，剩下的八十八分也在提升自己，说白了是怕自己拖后腿。随身一定要带着笔和本子，一有什么好奇的就马上抄下来。我看谁都觉得很专业，怕暴露自己其实很废柴的事情。

刚来北京没朋友、没社交活动，说上班是每天最大的乐趣也不为过，总觉得这样一份能充分发挥我网瘾少女天赋的工作是我的理想。

而且我们公司确实很有意思。

公司的同事都很厉害，让我怀疑是不是老板面试我那天眼神不好。

以下的对话是家常便饭：

“××，网红用意大利语怎么说啊？”

“××，英国人会在朋友圈代购吗？”

“××，韩国人谈恋爱的特点是什么？”

对于单词只对 abandon（放弃）熟悉的我来说，真的很佩服能把一门外语讲得溜的人，每次开会都跟在开国际会议似的，可以通晓各个国家的基本情况。虽然有时候会开他们的玩笑说“你怎么堕落到和我坐在同一间办公室了”，但心里会很得意：也许这也能证明我也不差嘛！

当然还可以学到很多专业的技能。

“× ×，这个视频怎么剪！”

“× ×，教我 PPT 排版！”

“× ×，教我手绘板吧！”

似乎多上一天班，就多了一点能耐，也敢跟不断要求更改文案的客户叫板了。

这对新人的我来说，简直物超所值啊！甚至还觉得有点对不起老板。我是拿着工资来学习的！

满腔热血的我，慢慢地也找到了想要奋斗的方向，我对广告这个行业充满了野心，也希望自己写的广告有一天能出现在街上，希望能写出十年后依然打动人的文案，现在先潜伏着吧。

我就这样在公司待了两年半了。

提升自己的同时，也见证着“在北京会有更大的可能性”，慢慢地改变着人生观。

一起开会憋创意、熬夜憋创意，玩得特别好的同事，变成了炙手可热的网红。她毫不掩饰自己的野心，她说她只想赚更多的钱，让我觉得很真实。

以前在公司的时候，她就表现得很坦诚了，她很享受当外界很崇拜的“月薪三万的小编”带来的成就感，会满足日常工作带来的虚荣心，所以她的工作动力比我强很多。我就比较殂啦，总觉得自己配不上各种称赞。

我并不是一个敢有野心的人，可能因为在北京，所以时刻会提醒自己，你就是一个普通到除了手机会主动提醒你更新系统，根本没人会主动搭理你的人，你那么渺小，过好自己普通平凡的一生就行了。

她让我意识到了，只要你野心勃勃地冲在前面，没什么可以挡你的路。

每每看到她又变得更好一些了，自己也会被激励到：真好啊，这就是年轻人该有的样子嘛。

年少的时候就是要“野心大过天，什么都追追”嘛。什么都不要的话，年老的时候也没东西可以丢掉了啊，都没办法给人生做减法了啊。

而且每次走在大望路上看着各种各样的人都那么拼，真的没有什么理由停下脚步。

大烟囱现在已经不冒烟了。公司楼下常允许我赊账的咖啡店店长也换人了。

我也已经辞职了。

而大望路还是那么魔幻。有人开着跑车来到这里，走进 SKP 里刷卡消费，一次好几万；有人结束了一天的打工生活，来到地铁站

大望路很魔幻，
这里有人买
PRADA眼睛眨
都不眨，
也有人为午饭是
买黄焖鸡米饭还
是桂林米粉都要
考量三分。

大望路很魔幻，

这里有人买PRADA眼睛眨都不眨，

也有人为午饭是买黄焖鸡米饭还是桂林米粉都要考量三分。

开往 大望路
DA WANG LU

他和她都下了车，背对背向相反的方向走去。明明心里都想和对方说上一句话。

他和她都下了车，

背对背向相反的方向走去。

明明心里都想和对方说上一句话。

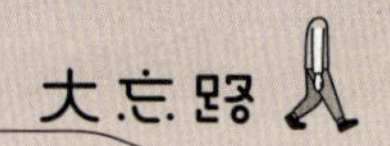

的 B 出口，挤公交车回三十公里外的燕郊。

我不会再有那种“太看低自己”的心态，三年了我都没有被击退，我很棒啊！

我觉得我现在也很有野心把在北京的生活过好。

出书这件事，以前只是偶尔闪过这个念头，现在也能实现了。

可以尝试当自由职业者了，工作室也在筹备当中。

人生阅历也丰富起来了，内心不再随便慌慌张张。

处事能力也强了很多，不再是当年那个会为冷漠的同事关系哭鼻子的愣头青了。

重要的是，现在底气足了。就算在北京依然没有人为我撑腰，自己撑自己嘛。

年轻的时候一定要来大望路。

这里没有流浪歌手沿街卖唱，不会让你的玻璃心得到意外的治愈。

这里没有不想赚钱只讲旷野的文人，连诗人都抱着很强的功利心。

这里只有野心、欲望，爱干就干不干就滚蛋。

这里连理想都散发着铜臭味。

但这正是它的迷人之处。

如果你不能过得生机勃勃，起码能野心勃勃嘛。

没有人真的属于大望路

文/少女心001

“这儿是不是没有居民区啊？”朋友走在大望路上突然问我。

我思索了一下：“有，有吧……”感觉一时有点被问住了。

因为我突然意识到，在大望路这三年，确切地说是在华贸附近晃悠的这三年，我见过各种奇奇怪怪的人和事。

见过锦衣夜行的国际巨星，见过横着走路的屌丝老外，见过身高一米九的东欧模特，见过在咖啡馆谈几个亿融资的互联网精英……就是没见过一个普普通通遛狗的大爷，或者一个提着菜篮慢慢悠悠走着的大妈。

其实，这里是有居民楼的，但住的人大多数是外派员工，或者是一周去进口超市采购一次的富贵人家。所以，除了新光天地附近的煎饼摊和下班高峰飞驰而过的三蹦子之外，你真的很难感受到特别生活化的市井气息。

大望路离长途汽车站很近，在我眼里，它就像一个大的驿站一样。

形形色色的人和事在这里交会，但没有谁像是真的属于这里的。

这个地方好像就是专门为你忙碌而存在的。在这个地方待了三年，我都留下了些怎样的记忆呢……

1. 华贸商业街里有很多条减速带，但是我很少看到有车在那里是会减速的，特别是那些动辄几百万的豪车。

有一次，因为一个司机没有减速，差点撞到正在过马路的我，彼此吓了一跳，待回过神以后，彼此又对骂了十秒钟。

当时，我握紧了手中的玻璃饭盒，想着那司机敢下车的话，我就能如愿当一回南城的小痞子了。可盼望的巅峰对决并没有到来，他没有下车，一踩油门，扬长而去了。

2. 楼下 7-11 便利店曾经有个高个子的店长，二十岁出头，打扮得像个港派潮男。我每回早上进店里买“甜水儿”时，他都会大声地对我喊一声：“早上好！欢迎光临！”

按理说这种声音一般都是敷衍了事的，唯独他说起来中气十足。每一次我都会被他元气满满的声音所打动。

曾经路遇过几次，见他滑着滑板来上班，感觉他身后自带蓝天白云似的。

有时，其实我并不渴，但为了给我颓丧的灵魂打打气，我会特意绕道去便利店，就为听他一句：“早上好！”

后来据说他升职调走了，每每和同事提起他，我都会感叹，看来付出还是会有回报的，我早看出那小子能成事！

3. 华贸公寓里有个小小的儿童乐园。

有一次，我下午从办公室逃出来，溜达到花园里，看一个小胖孩在玩转盘。不一会儿，小胖孩的老爸过来了，他看上去是一个典型的中年企业家，发际线靠后，肚子凸起，腋下夹着个包，走起路来趾高气扬，仿佛带着哗啦啦的钱声。

跟随中年企业家而来的是地产中介公司的几个职员，企业家可能是来买房的，或者本身就是中介公司的老板？我看到几个职员像哄小皇帝一样走到转盘旁边，尽自己所能来取悦那个小胖孩。

而众星捧月中的小胖孩，根本没有理他们一下。

见到此情此景，我决定马上转身离开，忍不住仰天长叹道：“生存不易啊！”玻璃心的我，最看不了这种场面。

4. 冬天早上上班，我习惯从地铁大望路站出 A 口，从高级购物中心里穿行而过，因为那样可以多吹一会儿暖气，少在寒风中走一点路。

每次穿行，却让我紧张兮兮。

因为总能碰上商场十点开门的迎宾仪式。商场开始营业时，几乎所有店铺都必须派出店员站在门口迎宾，满脸微笑地向第一批客人鞠躬问好。

每次当我拎着便当走过奢侈品店门口时，总会很尴尬，店员对我鞠躬致意，我恨不得连忙摆手说：“不用了不用了，我不是来购物的，只是路过而已！”

因为我买不起奢侈品店内任何一件商品，又极其敏感。所以，后来我宁可选择迟到，也要躲过那尴尬的十点迎宾活动。

5. 差别对待。在大望路能看到很多漂亮的人，比如来自欧洲的金发模特，腿长有“两米”的那种；还有十八线艺人，“捷安特车座子脸”的网红之类的。当我们去同一家咖啡店、去同一家餐馆、去同一个化妆品店的时候，我能明显感觉到，导购对她们的态度会更好一点。虽然她们消费并没有比我多。

在大望路体会最强烈的一点是，这是个看人下菜碟的社会。不穿得煞有介事一些，真的容易被轻视。

特别是在冬天，当我穿着臃肿的羽绒服，拎着便当盒，走过那片奢侈品店，与里面走出的模特们对视时，心里偶尔有些自卑。

6. 快递小哥和保安。

经常电梯一开门，我就看到快递小哥蹲在地上理货。但我很少在大望路发自己的东西，因为单价总是比南城贵个几块钱。

有一次我负责发活动奖品，奖品是计划生育用品。你们懂了吧?快递小哥大义凛然地问我，要发的东西是什么，我面无表情地如实回复。他一愣，然后收回了要检查的手，赶紧封好盒子，脸通红地拿起现金离开了。

后来每次在楼梯间里碰到，快递小哥都用比较复杂的眼神看看我……

还有一次，在大望路某高级商店门口，有门童开门，鞠躬的那种。我和同事鱼贯出来，保安（这里是真的保安，不是保安007）为我们开了门，我走在人群最后一个，说了谢谢，保安扶着门对我微笑。

然而一秒钟以后，保安收起了笑容，对迎面过来，抱着一摞快件的快递小哥说了句："哎，你！送货不能走这个门！"然后扬起了下巴颏，颐指气使地用手指了指旁边的小门。

我认出那人就是那个羞红脸的快递小哥。他比保安矮半个头，僵在门口，局促地左右张望……

我走了回去，帮快递小哥继续撑开了一点门，随便和他寒暄了几句鬼话，拉着他走开了。

我不知道这样的规定是否足够合理，抱着快递进入商店不够得体?

我只是觉得那一刻快递小哥挺孤单的，而且不明白，我们大部分人都是辛苦讨生活的人，为什么要互相伤害？温柔相待会死啊！

7. 大望路桥北有一条街都是“中国知名”的小饭馆，我们戏称那条街叫“屌丝一条街”。和前同事去那儿吃过一次饭，我像吃瓜群众一样，听他们在小破饭桌上畅谈着大梦想，然后这种热情并没有体现在结账上。

我记得对面的小伙当时喝的是一瓶俄罗斯那边的汽水，那年夏天特流行那个。后来那个小伙发家致富了，朋友圈都是五星级酒店的下午茶了，他应该再不会去“屌丝街”了吧。

8. 那时候我们的爱好是经常拍那根大烟囱。

反正它一天到晚一直直挺挺地立在那里，想不引人注意都不行。

特别是在雾霾天气里，它的隐身和出现直接实时反映了当时的能见度。

曾经有个女同事收到过这样的情话：“见不到你的时候，就会望望那根大烟囱，想到此刻，说不定你也在仰望它，就觉得和你又近了一些。”

这是一段同在大望路地区，不同写字楼里的异地恋。

大望路的这根大烟囱对于我而言，类似地坛公园之于史铁生。没事在阳台上的时候，我都会捂上右眼，用左眼看一看它，检查一下我左眼视物变形有没有更严重一点。

反正不管晴空万里，还是沙尘暴来袭，大烟囱就耸立在那里，静静地看着写字楼里的人们忙忙碌碌，不知所终。

9. 大望路这里适合学习各类语言。

经常能看到，金发碧眼的鬈发小朋友，在和阿姨玩耍的时候，随口说出地道的方言，反差效果倍儿好玩。

在星巴克、COSTA 里又总能碰到中英文混着说的人，弄得我也装腔作势地开始对人家店员说，要 grande（大杯）的冰拿铁。

在温特莱酒店附近的饭馆吃饭，耳边又总能听到韩语。有一次在附近串吧，听到一个韩国小伙子对另一桌的韩国小伙子说：“뭘봐（你瞅啥瞅）？”当时就忍不住笑了。

虽然比不上三里屯的国际化，但大望路也有自己的多种文化融合。

10. 大望路地铁站。

其实这是每天经过的地方，巨大的广告墙，有时候一出站上来会吓一跳。

可因为每次只是匆匆地赶路，竟然没有认真地在地铁里拍过一张照片。

很多大忘路的粉丝来北京游玩的第一个景点就是大望路地铁站，

还会发照片给我们看。每次收到这样的消息，都是满满的感动。

因为有我们，大望路这一站对一些人开始不同了，多了一层特殊的含义。

而通常这时，我都会极其不浪漫地提醒一句，出门在外注意看管好自己的财物，有几位同事都在地铁出口丢过钱包。

虽然我在大望路桥北待了三年，可了解的却不及它的几十分之一。

尽管每天有百分之八十的时间都消耗在这里，我却依然没有对那里的归属感。

我只有回到南城，看着街边下棋的大爷和跳广场舞的大妈，看到拎着西红柿回家做饭的人，才觉得有种踏实的归属感。

在我眼里，这儿有梦想、有金钱、有欲望、有商品社会、有脸谱化的各种人群，可就是没有让人觉得温暖的二大爷。

或许，有些地方，就是供你兴冲冲赶路用的，比如大望路。

而有些地方，是让你可以找到归属感和安全感的，希望那会是大忘路。

每个非常之人，
都有你看不到的狠劲儿

文/保安007

我这人性子里没啥韧劲儿，有时不时喜欢抱怨一下的臭毛病。抱怨下社会，抱怨下生活，抱怨下现状。前几天在朋友圈里发了个动态：写推送这活儿实在太苦×了，头发都快掉光了。我愿用身上掉五斤肉换一篇“10w+”。

不一会儿，一个朋友回复我说：大哥？你还不知足，你每天随便码码字就能躺着赚钱。我每天写总结、攒报告，焦头烂额，熬夜加班。还没有多少薪水，你还不知足！

我当时特别友好地回复了他一句：你知道个毛！

有一段时间工作上很忙，有几次晚上直接加班到了凌晨两三点，有时回来还要写文章、改稿子。幸亏现在公司上班时间弹性比较大，如果前一天加班太晚，第二天可以稍晚一些到。

早晨十点四十五，我和往常一样，眯着惺忪睡眼，到楼下叫车去公司搬砖。

一上车，司机问我："这是去办事吗？"

我愣了一下，回了他一个笑脸说："不是。是去上班。"

司机一听，嗓门一下提起来了："哎哟！您这班上得可真是舒服啊。这都快中午十二点了才出门。好家伙，我每天早晨六点就得出门，累死累活到晚上八点多。有时候想想还不如跟你们似的去坐办公室呢，这么晚上班，又不堵又不烦，挺好！"

我点点头，说了句："您真是够辛苦的。"然后，掏出耳机，塞进耳朵，不想跟这位司机有任何交流。

讲个故事，从前在一条街上有两家面馆。一家生意红火得不得了，另一家则一直冷冷清清，临近倒闭。

快倒闭的店主一看，这哪儿行啊！生意几乎都被他们家挤没了，我们这儿没法生存啊！

于是就派手底下的小徒弟偷偷去另一家面馆做学徒，偷学手艺，看看另一家到底用了什么秘方，居然能这么火爆。

小徒弟到了这家面馆，认认真真把师傅做面的手艺从头到尾全看了一遍，学了三天，便跑回来了。

回来后跟店主说："我从头到尾都把他的手法学了一遍，揉面、煮汤、下锅、连烧火的柴怎么劈开我都看了。简单极了！也没啥两样嘛！我按着他的步骤来，肯定能超过他！”

店主很开心，让他赶紧操练起来。

小徒弟一步一步地按着那家师傅的手法发面、揉面、煮面，就连下面的水都用的是同一口井里舀上来的。可是几个星期后，客流量依然没有变化，还是门可罗雀。最后面馆倒闭关门了。

老板不甘心，亲自登门拜访了另一家面馆的大师傅。

“我之前偷学了所有你的煮面步骤，就连劈的柴，用的水都是跟你一样的，也没发现你有什么特殊技巧，就连揉面的手法也不过如此，还不如我那小徒弟揉出来的面筋道！这么简单的手法，为啥就能这么受欢迎?！”

大师傅告诉他，因为你们少了一味作料，叫“尝百味”。

那位老板一下子来了精神：“我就知道有什么秘密配方！！能给我看看这是什么作料吗?！”

大师傅指了指面锅，那里除了一口锅和盛面的汤勺，并没有发现任何作料。

大师傅告诉他，原来这个“尝百味”并不是什么稀有的药材，也不是什么名贵的香料。而仅仅是那个盛汤的木勺。

木勺是从他爷爷那一辈就开始流传下来的，每次炖煮面的汤头时，他们都会把这个木勺放在汤里。久而久之，这个木勺经过十余年、上千道汤的浸煮，本身已经有了上百味汤的香气。这个勺子盛过的面汤，就会带有一股浓厚芬芳的香气。

而这个看似简单的流程，却包含了他们祖孙三代浸泡过的磨炼。

生活的负能量分为两种：一种是特别亲密的人跟你抱怨生活；一种是陌生人随意贬低你生活中的努力。后者比前者更能让人咬牙切齿。

他们总是仅仅看到你殷实的收入，却忽视你为了做好一件事情要日积月累多少经验；他们认为你仅仅是坐在电脑前动动手指敲敲键盘，却忽视了动笔前要冥思苦想几个夜晚才能定下的选题，甚至因为焦虑而失眠；他们看到你朋友圈里风风光光的旅行照，觉得你轻而易举地就能享受生活，却不知道你要用多少夜晚赶工与毅力才能换来这几日的清闲。

他们眼中的不费吹灰之力，你却要默默耕耘十余年。而到头来，他们只会咬着牙羡慕你，不曾想过为什么你会让他们羡慕。

你看到的别人的生活都是 PS 过的。那些成功、享受都是滤镜好吗，朋友们。

不要轻易羡慕别人的成功和人生，每个人的经历、成功都是不可复制的，世界上没有两片一样的叶子，只是这片叶子长在这里比较合适罢了。

可是为什么总有人会轻易羡慕别人，然后嗤之以鼻？都是因为——以为自己很懂。你以为运营一个可以赢利的公众号仅仅是坐在电脑前会敲敲字罢了；你以为只要每天在跑步机上溜达十分钟，发个朋友圈炫个公里数，马甲线就会悄悄爬到你的肚子上；你以为那些全世界到处旅行的人，只不过是家庭条件优越，生下来就不愁吃穿罢了；你以为勃洛克只是闭着眼睛在纸上随便画了几道，死后人们随便贴标签炒作一下，就能被估值上百万美元；你以为大张伟、薛之谦现在能火成这个样子，只不过是他们利用明星的身份然后又会讲一些段子罢了。

真的没什么好羡慕的，何必因为别人的美好，让自己变得不美好呢？

你以为你看到了他的全部，其实你看到的只是别人想给你看的生活。躺着羡慕实在太简单了，可跑着追逐才是正经事啊。

北京男孩

文/少女心001

由于最近排版002疯狂地迷恋鹿晗，所以她对北京男孩这一群体产生了极大的兴趣。

那天她突然问我："北京男孩有什么特点？是不是都和我鹿一样呢？"我想了一下，这个问题太宏大了，我只能说说我认识的北京男孩，努力从他们身上找出一点共同点。

大张伟说过："北京人有种毫无必要和莫名其妙的放松。"这点我还是挺同意的。

大学以前，整天都和这种过分放松的人在一起，不觉得有什么。上了大学以后，同学们来自天南海北，文化差异还挺大的，经历过几次自己抛出的包袱完全没人搭理，我才发觉过去实在是太"不正经"了。

正经了几个月，直到大学第一个学期的期末考试，才让我遇到了久违的那种"放松"。

因为是期末考试，所以打乱了专业，考英语翻译的时候，坐在我前面的是两个陌生的男生。

其中一个去了卫生间，就在这个空隙，监考老师过来了，是英语学院的院长。花白的头发、笔挺的西服、高傲的眼神，他一只手抚在讲台的一本英语词典上，跟美国总统就职似的，表情严肃地说："这场考试不能带英语词典，如果你想挑战我的权威，你就把词典放在桌面上试试。"

大家听了，默默地把桌上的词典拿到讲台上，气氛十分凝重。

这时，北京小哥从卫生间回来了，看到大家窸窸窣窣地挪动，不知道发生了什么，赶紧晃到座位上，问另一个人："嘿，老头刚才说什么了。"

另一个北京男孩指了指课桌上的英汉词典说："他说了，牛 × 你 × 就放。"

我在后面扑哧一下就乐了。这精炼的语言胜过刚才英语院长啰里吧唆说的一堆。

这大概就是我眼中北京男孩的样子。

除了无比放松地贫嘴，还包含着幽默、礼貌、热血、局气、宠辱不惊、谦卑与骄傲。

幽默和贫嘴，这两点去工人体育场看几场国安的足球赛就能感受一二了。

我每次去，都能赶上特别贫的男生在后面现场给你解说，滔滔不绝，但你绝对不会嫌烦，还会跟着乐个不停，俗称“捡乐儿”，因为他虽然贫，但分析得都在点上，而且用很通俗的大白话把事情说得一针见血。

热血和礼貌。北京男生并不擅长武力，争执基本多是动口不动手。少年的热血气质多表现在集体活动中。比如，看球时“胜也爱你，败也爱你”的口号，整齐划一质疑裁判的声音，等等。

印象很深刻的是在我高二那年，正好是中国足球队第一次冲入世界杯，学校允许全校学生在教室里观看第一场和哥斯达黎加的小组赛。那天中午得知这个消息后，男生们就去买了西瓜和啤酒。

比赛开始前，同学们全都滚回了教室。场上升国旗奏国歌的时候，太阳太刺眼，电视上队员们全都皱着眉头，再回头看看我们班男生，全体起立，捂着胸口，跟着场上一起唱国歌，看着他们一张张稚嫩又坚定的少年脸，我当时特别感动。

那场球踢得很烂，但那个全班哗啦一下子起立、斗志昂扬地唱国歌的场景，我一直记得很深刻。

北京男孩会在不经意间突然中止不正经的样子，认真给你展示一把热气腾腾的少年热忱。

礼貌、谦逊和骄傲。

说到礼貌，一定有人吐槽国安球迷喜欢“京骂”，怎么会是礼貌的代表？这个就特别有意思，比赛时愤怒指责裁判的是他们；一会儿散场时，和我说“劳您驾，我过一下”的也是他们。

我喜欢他们说“您”。

北京人喜欢说“您”，这在有些人眼里觉得是过分客气，太生分了，可是这已经是一种根深蒂固的说话习惯了。

我周围的北京男孩无论多不着调的，待人接物时，也会常常说“您”，也许他并不是刻意在表示礼貌，这种礼貌的称谓已经成为他表达的习惯了。

偶尔听到身后年轻的小伙子和我说，“麻烦您让一下”，我都会蹦得老远，觉得要对得起他这一句温暖的话语。

这两者也一点都不矛盾。谦逊感，请参见北京籍的男艺人，比如葛优，接受赞誉时的口头禅是“接不住”。还有排版 002 最爱的鹿晗，无论出席什么活动，举手投足，都有一种不自觉的低调。尽管他一出现场面绝对低调不了，但他就会给人一种从不煞有介事的平易近人。

这个特点在我口中“德艺双馨”的民谣歌手马頔老师身上也表

现得特别地明显。

有一次因为工作的事，我约了马老师在公司见面。想到就要见到《南山南》的作者、人气民谣歌手马頔了耶，心情莫名地激动了起来。

下午，马老师发来微信说：“您好，我到楼下了。”我和同事一溜儿小跑地下楼去接他。我想象着，那些明星应有的出场样子，带着两三个助理，戴着墨镜，一副自带光环的骄傲劲儿。

结果当我们到了楼下，看到的“明星”马頔却是坐在咖啡馆外高台阶处，穿着格子衬衫、休闲大短裤，翻看手机的一位文艺男青年。

当时我和同事对视了一下，都笑了。那次见面，马老师给我们的印象就是一个十分谦逊、十分真诚的北京男孩。我一用德艺双馨调侃他，他就赶紧无奈地笑一下，遏制住我这种不接地气的行为。

这就是北京男孩的谦逊，他经不起你的夸奖和捧，也受不了自己摆出高人一等的样子。因为他一切都看得清楚明白，“繁华拢是梦”，这种清醒的谦逊，在我看来，也是一种骄傲。

骄傲在于我知道我是谁，我知道一切都没什么大不了，就像这座城市经历过无数岁月，依旧保持着人间烟火气一样。任何浮夸和膨胀在时光面前都经不起推敲。

这些就是我眼中北京男孩的样子，当然包括了我的很多主观色彩，就像一千个人眼中有一千个哈姆雷特。

反正我眼中的北京男孩是十分特别的存在，生活丢给他们的难题一点都不会少，但在他们身边，你就少不了微笑，会觉得生活也不那么难了。

别硬撑了，偶尔软一下不丢人

文/排版002

你是否也像我一样把“我没事”挂在嘴边，再也不会喋喋不休地诉说自己的心事？

不知道什么时候起，我学会了“硬撑”的本事。宁可熬到夜里三点学如何剪辑音频，也不愿麻烦别人。

嘴巴很紧，对自己的遭遇不提半个字，总觉得自己能消耗掉所有的情绪。如果实在憋得受不了就对着镜子说几次；戒备心很重，总觉得别人询问我的近况不是真的关心我，只是想确认我是不是过得很差；遇到嘴甜的异性就觉得他要套牢我，绝不上钩。

总之就是一副“为了避免再次受伤而很坚硬”的样子。

我知道不只我是这个样子。

前几天和一个许久不见的朋友吃饭，我像以前那样打岔他：“你和女生吃饭，不怕女朋友用 GPS 定位查你岗啦？”

他一脸轻描淡写：“分手三个月了。”

说实话，我内心是很震惊的，因为他俩是我看过最不会分手的一对了，我更震惊的是，他们每次分手都会闹得沸沸扬扬最后又和好，这次竟然这么悄无声息。

我本想责怪他没有第一时间通知我，但是我自己又何尝不是这样呢，失恋了也不愿哭得太大声让同居的室友听见，第二天照样化好妆上班，把伤藏得好好的。

于是很有默契地不再多问，心里有个安慰了自己无数次的声音涌现：“都会过去的。”

我们是一步步变成现在这个样子的。

起初，我们是毫不吝啬地向这个世界展示自己的真心的。

曾经我们也是自带“自来熟”属性去与人交往的，遇到一个能聊李志的就觉得相逢恨晚，但往往在付出真心没几天后发现对方是个大傻子，友谊的小船说翻就翻。

曾经我们也是竭尽全力去爱一个人的，总觉得恋爱大过天，但也许是爱得用力过猛，对方大多被惯出了渣男的恶习，一头扎进去的我们往往没什么好下场。

曾经我们也是一腔热血地对待工作的，我们以为只要努力努力再努力就会出人头地，但终于意识到职场上的潜规则远比想象的多，不是光有才华就可以，更何况我们大多还是普通人。

聪明人都会选择穿上伪装，傻子才从一而终地当小天使呢！

我们硬起了心肠，不再随便感动，不再随便让人瞧见真心的样子。

我们认为凡事都只能靠自己，对世界摆着一张冷漠脸，心里做好了准备要和生活死磕："你就尽管虐待我吧，我已经做好了准备。"

这样确实也挺好的，但也很容易把别人的好意拒之门外。

美剧《无耻之徒》里有一个细节我印象特别深刻。利普因为他那不靠谱的家人而拖欠大学学费的时候，有人伸出援手帮助了他。他一直在琢磨帮他的人的目的，实在想不通为啥有人愿意干这么没有好处的事情。

女教授的回答让我特别触动："你要相信，这世上是有人觉得你前途光明想拉你一把的。"

是的。我们大多数人像利普那样艰难地长大，受尽了各种磨难，已经很难相信好运会降临在自己身上了。

就算是看到地上有馅饼也不敢捡，生怕有什么猫腻，也不敢选择舒服的路走。

世上怎么会有人无缘无故对你好呢，他是不是傻?

但是，受难受伤受苦真的不全是一件坏事。

以前被朋友骗过，所以现在选择朋友会更加慎重，遇到真正可以交心的会懂得主动经营这份友谊，不过分亲热也不过分索取。有知心的朋友可以分享生活实在是太棒了。

以前穷过，连一桶康师傅方便面都要吃一半留一半，所以现在生活稍微不那么拮据了也不会随便挥霍。懂得一分钱都是自己流的汗水，不随便买一堆廉价的衣服浪费衣橱的空间。把钱花在刀刃上显得自己很厉害呢。

以前逆风逆水过，干什么都觉得不顺，觉得没有能力掌控自己的人生，为自己的无能愤怒，为自己的碌碌无为羞愧。可是一路坚持下来了，现在开始走上自己想要的人生轨迹了，不是挺好的吗?起码让你相信“努力真的是有回报的”。

以前谈恋爱失败过，也许会让你怀疑自己是否值得被爱。但是谈恋爱的能力也不是天生的啊，你会累积经验值，下次在对手的面前才会表现得更好。

是的，我们都会受伤，我们都会经历人生低谷，但我们要相信，越早经历这些才能越早蜕变。

疗伤并不难，难的是受了伤以后依然能温柔地对待世界。

每次想和这个世界硬的时候，就多去想想生命中那些温暖的事情吧。

出租车司机因为你轻声打哈欠就关怀地问："加班很辛苦吧，吃饭了吗？要不要先停在一家饭馆让你吃东西？"

便利店老板在你又按习惯去买面包的时候对你说："特意给你留的哎，别人来问我都说没有哦。"

拉着货车的快递小哥看见你抱着一个大箱子艰难地行走会对你说："要不要我帮你送到电梯口？"

陌生人都企图给你温暖，你还好意思那么硬吗？

如果有男朋友的话，也希望你适当地在他面前软弱一点。不要企图让他猜出你的一句"我没事"背后可能包含着的种种不愉快，不要让他觉得不被需要。必要时可以大哭一场躲在他怀里撒娇，乌云就会散掉啦。

嗯，别硬撑了，你又不是帐篷。

再说了，帐篷撑久了也要保修啊。

放弃有时是为了赢

文/少女心001

前几天有个朋友找我做视频直播。我听了以后，头摇得跟拨浪鼓似的："不行，不行，我干不了这个。"

朋友一脸嫌弃："没试过怎么知道！现在直播很赚钱的！"

可我依旧拒绝得无比坚决。自认为智商不高，但有一点还是肯定自己的，那就是有"自知之明"。

大张伟曾在参加真人秀时说过一句话："有些坚持吧，也是没有什么用的。"这句话我觉得十分在理。

我们从小到大一直被教育着不能轻言放弃，好像坚持了就一定会成功一样。我承认，坚持是种特别值得尊敬的品格，但是适时的认输也是一种成熟。对我们来说，这其中最难的部分，应该就是辨别了。分辨出什么值得去坚持，而什么又是应该果断放弃的。

有些事，超出了我们的能力范围，或者运气范围，坚持那条路走下去，就是不见棺材不落泪。

所以，了解自己非常重要。

比如对我而言，涉及到方向感的事，我觉得干不好。

我也不知道为什么，就是不认路，而且方向感极差，就像大脑负责的相关区域休眠了一样。

尽管我考到驾照很久了，但实际驾驶经验少得可怜。我安慰自己，开车作为一个生存技能，学会就可以了，平时不用太难为自己。毕竟打车或者坐地铁都很方便。

还有就是与现场表现力相关的，比如朋友邀请我做视频直播，我真的做不来。面对镜头，我完全没有表达的欲望。我连照相都是一万年剪刀手不笑的姿态，又怎能在陌生人面前展现出什么呢？

可有的人就是天生充满了表演天赋。比如我的小侄女，今年才四岁，表现欲却特别强烈。无论谁去家里串门，一定拉着对方说："我想给您表演一段舞蹈。"如果对方没认真看，她还会嘟起小嘴说："不跳了，你们不尊重我！"

没有人教她要多表现自己，她父母都是腼腆内向的人，孩子有这么强的表现欲完全就是写在基因里的，这是她的天性。

如果她以后走演艺相关的道路，非常适合，因为她有对舞台和表演的热爱。

这对她来说就是值得坚持的事。

这样的例子有很多，说回大张伟，他总调侃自己天生运动技能差，说小学时和体育老师最常说的一句话就是“我尽力了”。

他十分不擅长挑战体能、挑战身体极限。在真人秀里需要完成有危险的动作时，他尝试几次失败后，就会想到放弃。保护自己最重要，他不想跟这事较劲儿了。

有的网友会在看了节目以后吐槽他，但仔细想一想，人家有什么错。

尝试了以后，发现自己做不到，为了保护自己不受伤，及时止损，果断收手了。这其实很明智啊。

大张伟最擅长的是舞台表现。他在音乐、表演上都是才华横溢的。他在音乐创作上没有放弃，无论发生什么，他对舞台都没有放弃过，坚持做自己热爱和擅长的事，才是重要的。

同样是艺人，韩国前偶像组合水晶男孩的高志溶可是放弃了舞台，把精力放在了舞台之外的事业上。

水晶男孩组合解散后，其他成员开始独自发展，继续演艺事业，只有他放弃了做明星，离开舞台，选择做朝九晚五的上班族。

十几年后，水晶男孩有一个回归演出，综艺节目邀请他去，主持人问他：“当时为什么选择放弃了？”

他很平静地说：“就是觉得自己没什么才华。”这句话在整个节目中被他重复了两次。

我当时看到穿着笔挺西服、一副韩国公司社长儒雅模样的志溶，突然觉得他好了不起。

因为能主动对什么事情认输是需要勇气的，更何况他曾是被万千少女追捧的人气偶像，放弃舞台很不容易。

不过，这也是志溶成熟的地方。他离开舞台后，在商海中打拼，做自己更擅长的事。正是因为有所放弃，所以才有了后来他在事业上的成就。

他现在是一个成功的商人，连岁月都没在他脸上留下什么痕迹，十几年过去了，脸上还是一副贵公子的英气。

他对继续做艺人这件事认输，却没有对生活认输，选择自己更擅长的事以后，人生自然会过得更加顺利。

有时候，我们会强撑着坚持一条并不适合我们的路，或许那个过程中会得到一些赞叹："啊，他坚持了这么久，真令人感动！"

但是如果那条路确实不属于我们，走不通，那么比起自己错失的人生，别人的赞赏又算什么呢？

我们要诚实地为自己而活，从自身状况出发，判断有些事是否值得坚持。如果尽力尝试过了，发现就是做不到，或者机遇已经过去了，那就果断认输吧。

翻过这一篇，赶紧去做更擅长、更容易带来成就感的事，这不仅是一种人生的智慧，也是成熟的表现。

比起盲目地说"我能行"，敢于说出"我认输了"是件更了不起的事。

“

大城市也好，

小城市也好，不管坐标在哪里，

只要过成自己想要的样子，就是过得好吧。

”

Chapter 2

光是好好活着
已经很累了

大忘路

你有多久没淋过
清晨的阳光了？

文/保安007

早晨是一只花鹿，踩到我额上——海子在《感动》中这样描写早晨。

我也酷爱清晨，尤其是北京的清晨。北京的清晨，化着淡妆，绿瓦红墙，步履匆忙，仪态万方。

我一直坚持了几年准时五点三十醒来，六点以前起床。每天坚持早起能给我带来什么？

很长一段时间，我的作息一直保持着“上班下床，下班上床”的状态。每天睁眼就是十点多，一天工作下来疲倦的身体、刺痛的双眼、低下的工作效率，随后伴着体重的飙升，精神面貌不佳，看谁都不爽，觉得每个同事长得都像老板。感觉自己提前十年步入了中年男人俱乐部。

“一切都会好起来的”这句话太虚了，应该换成“如果你不主动做点什么，永远都好不起来”。我试图改变，我该改变点什么了。互联网告诉我，要从最基本的作息时间开始，于是我开始强制自己调整作息时间。在强制了自己早起一周后，我明显感觉到了身体发生的变化。

■ 改变了生活作息的第一天

第一天，起床成了最难跨过去的坎，每一次成功的起床都要忍受至少四个闹钟的骚扰。印象很深，第一天的起床时间是五点十五分。

醒来后天昏地暗，饥肠辘辘，心里直犯嘀咕，我这是在干吗?！为什么要作践自己?！醒来洗了洗脸，精神了些，出门去吃早点。溜达了一圈，回来发现时间居然还这么早！赶紧又滚回被窝大睡了一觉。

做“晨型人”的第一天，浑浑噩噩地开始和结束。总结一下这天的感受——第一天，我还是喜欢睡到十点钟的自己，早起毁一天啊！

■ 第三天，还是依靠闹铃起床

特别羡慕那些闹铃都吵不醒的人。该有怎样的大心脏，才能和他们一样放心大胆地去睡呢?

第三天，把头从枕头上抬起来还是最难的。但是，就在这一天的清晨，我发现了我每天上班下班必走的街道，散发出了一股我从未驻足感受过的气息——焦虑的车水马龙、灼烧背部的白日、眯着双眼低着头的行人，通通消失不见了。代替他们的是，干净的阳光温和地滴在绿叶上，灵巧的麻雀悠然地在街上散步，大爷口中的京剧唱腔抑扬顿挫，偶尔迎面走来的遛狗的小少妇，姿色比地铁里的灰脸白领好百倍。

整条街道都充斥着一种表情——从容。

我想，我应该是喜欢上了早起。

■ 第十一天，终于和赖床这个“小×子”分手了

当你坚持早起的时间持续越久，你会发现，你醒得越来越比闹铃早。

走在清爽的街道上，我突然有了一种世人皆睡、唯我独醒的感觉。

早起能让你有充足的时间坐在早餐摊上，贪婪地嗅着从笼屉里偷偷跑出的雾气，把香味吸到鼻里、肺里、心里。这一刻感觉整个世界都是老子的。

■ 两周之后

每一个见到我的同事，几乎都会这样问："你最近这是咋了？！"我说："我在为我觉得我能活得更久而高兴。"

不是开玩笑，如果你能持续早起两周，真的会有一天的时间好像比从前长了许多的感觉。一早晨能做多少事？洗漱→上厕所→遛弯→吃早点→到便利店买些饮用水→收拾下衣物→坐在沙发上阅读半小时→步行到地铁站→在楼下抽根烟→打卡→开始一天的工作。完成上面所有项目后看一下时间，这个点平时的我才刚刚睡醒。没有了匆忙和倦怠，一切都变得从容了。高效率、好状态、健康的体重终于再次临幸我了，就连起床都变得铿锵有力起来了。早早起来还可以做更多的事，比如干完上面的事，再睡一觉。

毕竟我是一个心眼比较小的人，这种比别人多"活"了几个小时的感觉真让我舒坦。中岛孝志有一个"早晨型人更容易成功"理论——即便是每天早晨的一小时、两小时，积尘如山。为了不断提高自身的附加价值，请对这两万小时加以有意义的利用吧。

我们有时总觉得生活很累，其实是你晚上睡得太晚。遇事总有无力回天之感，其实我们总是在头脑中激情澎湃了一会儿就权当我努力过了。觉得目标总是遥不可及，其实总是临睡前想做件大事改变世界激动得睡不着，第二天早上连早起都做不到。

如果你还在抱怨自己的生活状况糟透了，试试早起吧！

你有多久没淋过清晨的阳光了？

我们的过去
是一片麦田

文/保安007

前一阵突然接到朋友发来的微信消息，被告知他结婚了……对象是个女的。

两人从曾经的同事到异地恋了四年。分了四次手，最后还是死不要脸地走到一起……

问他是如何醍醐灌顶的。新婚的前一晚他说，曾经答应过她一定会亲手把她牵进婚姻礼堂。最后一次分手，隔了半年两人没有丝毫联系。突然一天他一个电话打过去说："曾经的同事某某结婚了，以前答应过你要进婚姻殿堂，虽然现在不行了，但是一起参加一场婚礼，就当是我兑现当年的承诺了吧。"女方没有考虑就订了第二天北上的车票。到了河北，没有同事，没有婚礼，说好的一切都没有。只有他单膝跪地的求婚戒指和女方哭花了脸的妆容。事后两人火速订婚、完婚。如同流水线一样按部就班。

结婚那天晚上见到新娘，问她为什么会答应他来参加婚礼。她说，她问过朋友电话里说的那个同事了，根本就没有婚礼。认识他那么久他从来没对我撒过谎。一个人对你做了他从来没做过的事情，那他不是对你爱到血液里就是恨之入骨。而我选择了相信爱情。

见证过的第二段圆满的爱情，是我哥哥的。

我有一个亲哥哥，以下简称为孙先生。

孙先生体形肥硕、四肢短小、情商极高、相貌出众。体重没过一百六十斤时长得很像陈坤。现在？和珅。

孙先生沐浴在“阳光灿烂的日子”的那个年代，接受的是中国传统的“棍棒底下出孝子”的优良教育。孙先生和广大的“80后”一样，脑残 Beyond、郑钧，梦想着迎娶“花房姑娘”和“灰姑娘”两个姑娘。

过不了多久就是三十多年前孙先生被制造出来的日子了。和我的遭遇一样，他的制作过程同样被妈“妖魔化”，不一样的是，我是在河边被捡到的，而他是从垃圾堆里蹦出来的，属于自主研发型。

我们相差了六岁。小时候很讨厌他，因为我打不过他，再来他又唠叨，又事儿，还爱打小报告，一个爷们儿跟父母打他亲弟弟的小报告，这简直是曹丕铁了要杀曹植的心啊！而我白白为他恪守着隐瞒小时候在小屋里背着父母抽烟的事，简直是“我本将心向明月，奈何明月照沟渠”。为了报复，我把他家的 Wi-Fi 密码告诉了朋友，朋友却抱怨说你哥住在十五楼，我拿梯子也蹭不到网！

真让我心慌。

克服懒惰和治疗肥胖占据了他的业余生活，以前他经常以减肥为由，拖着我和他遛弯儿。酒足饭饱思淫欲，有谁会去想遛弯儿？！但自从他有了车以后我突然变得很热衷于这件事了，以减肥为借口哥儿俩开车出去耍流氓，一股浓烈的兄弟情从嗓子眼里迸发出来。

他的狐朋狗友不多：一个在我们的地界里算是数一数二人物的老爷子，现在在北京，不能说混得风生水起，因为在北京这个地方，说自己牛 × 的往往都是死得最快的，但现在也是有妻有福、有车有房，可惜距离远了心也偏了——一提到“北京”，孙先生很孤独；另一个大姐也是个风云人物，个子高得离谱，长得像姚明，在选取相亲对象这个问题上摸爬滚打了几年，理想抱负大于现实，是个少数民族人，前年终于结婚生子了，文化差异和家庭观念让他们疏远——一提到“民族”，孙先生很孤独；一个不争气的弟弟，当然我不会说自己什么坏话——一提到“长沙”，孙先生很孤独。

也许他生来就孤独。

孙先生也很流氓，但从来不像我这般。孙先生的酒量差得出奇，能和他掏心窝子、走心、走肾、走全身的朋友少得可怜。从那次晚上替他陪喝燕京啤酒又陪“草原王”后，终于有一件能让他对我刮目相看的事了。一个大腹便便的已婚男子，终日缠着一个未婚、血气方刚、分不清情欲和爱情的青年玩耍，难免让我不舒服。

我给他的车载MP3下摇滚音乐，带他听民谣、看乐队，带他打LOL，教他越狱iPad、上贴吧，看禁播电影，尝试穿着除了“JEEP”和“THE NORTH FACE 乐斯菲斯”以外风格的衣服，在酒吧和“90后”小姑娘玩诚实勇敢并且教他怎么有礼貌地去要流氓。好久没和他在一张床上睡觉了，孙先生在我旁边鼾声如雷让我突然明白了，为什么我曾经哭破了鼻子他也不愿意带我去后山烧别人家的玉米地。想一想他说的换车后这辆本田马上就要易主成我的承诺后，一切不如意都烟消云散了，他的鼾声真可爱啊。

听说孙先生的初恋很漂亮。喜闻乐见的“为什么相爱的人不能在一起，偏偏换成了回忆”，愿意为他卸妆、变胖、发福、生孩子的女人是个人民教师。磨合期很短，仅仅几个月我就从姐改口叫嫂子了。

印象最深的一次，源于我那勤俭的妈，一再要求让嫂子来家里吃饭。晚饭六点开始，她老人家四点半就把饭菜准备好，然后收拾屋子，不停地往我的屋子里搬被子。

我当时就爆发了：“妈！你干吗？”

我妈说：“你这屋子是双人床，你今天去你哥的房间睡！听话。”

我×！心中一万只羊驼在奔腾啊！

“咱家这么挤，你让他们去宾馆开间房不行吗？”我带着哭腔说。

慈祥节俭的妈意味深长地对我说：“住宾馆不要钱啊！死贵的！让你去睡那屋就去！磨磨叽叽的，再吵我揍你！”

第二天晚上，我在自己的床上又铺了一层新的床单，枕头全换成新的，还是觉得浑身不自在！总感觉我的床被两个无耻的人狠狠地玷污了一样。

以前弱智地问过孙先生：“后悔娶嫂子吗？”

孙先生说：“太阳是幸福的，因为它光芒四射；海也是幸福的，因为它反射着太阳欢乐的光芒。她不嫌弃我胖，我不嫌弃她躁……后悔给谁看？！”

突然想起《当幸福来敲门》里面克里斯托夫讲的一个故事——一个虔诚的基督教徒遇海难落水后，一艘船行驶过来，要营救他。但他不断地祈祷，说谢谢您，上帝会救我的。过了几个小时，那艘船又航行回来，问他要不要上船，他瑟瑟发抖地说我坚信上帝会照顾他的子民。船无奈地开走了。最后他死在了汪洋孤海里。死后见到了上帝，愤怒地说：“我每天做祷告，严于律己，帮助他人，而我在最危难的时刻你却一点帮助都不给予我！这难道是您《圣经》里倡导的吗？！”上帝说：“我已经派人救了你两次了。可是你都视而不见。”

相互包容、珍视身边，爱情真他 × 的科幻，相爱的人总会看见对方身上的光，下一个路口和你一起等红灯的那个人，也许就是上帝派来解救你的双手的天使。不是吗？

要去长沙的最后一个夜晚，他却给了一句“老老实实做人，踏踏实实做事”这么没营养的话。向来低调的他极力地蜷缩自己，用不惹眼的方式生活着。总是跟我讲些我不喜欢的例子来劝说我。跟我讲一些工作上的苦恼，再瞪大眼睛看着我，我不知道用什么表情来迎合他，也不知道用什么合适的词语去安慰他尴尬的样子。

第一次离家，爸妈要送我进车站月台时，我拒绝了他们。只有哥儿俩一高一矮、一胖一瘦地提着大包小包，沉默不语地找寻那辆 T1 次列车。——没票的话站票也行！我光荣地买到了站票。孙先生说他特别讨厌这种亲人别离的场面，我打趣着说他矫情，回头却早已蹲在火车吸烟区的窗户下泣不成声。

我爱看那种以“我爱你”开头，也以“我爱你”结束的故事。爱情、亲情、友情都好，我知道他爱我。不善言表毁了多少相互疼爱却没在一起的恋人，不懂珍惜毁了多少子欲养而亲不待的人生。好想把这些话在生日当天手抄一份寄给他。但是说了这么多他的坏话，不知道他会用多大力气撕掉这封信，还是等我长大一点，能打得过他的时候再送吧……

我自己呢?

1999 年春节联欢晚会上赵本山和宋丹丹主演的小品《昨天，今天，明天》，白云、黑土的形象一下子红遍了大江南北。

那年我十六岁。

在那个青春痘和 Beyond 乐队分食我们的耳膜和脸庞的年代，每天的必修课莫过于三个——老师来了叫醒我，昨天作业借我抄抄，隔壁郑某某又漂亮了。

青春期的痕迹藏在我教室的课桌里，藏在我放学回家的路上，藏在每个清晨里。

当时“女生”这种生物对我来说像极了约翰·列侬手上的吉他，神奇得炫目又触不可及。

我打小“坏孩子缘”就好，别人眼里的坏孩子总是喜欢跟我称兄道弟。

其中一个平日里邋里邋遢的反学校、反班主任、反人类的鼻涕虫，他总有些我们这些“小毛孩”不懂的知识和新鲜玩意儿，在我们眼里，地位简直达到了罗马帝国般的高度。

坏孩子们的又一次四方会谈，鼻涕虫牵头。抄完了作业，又开始了我们的探索之旅。

最有发言权的鼻涕虫当之无愧地成为我们的布道者。我作为他最虔诚的信徒之一，理所当然地第一个发问："第一次到底是什么感觉？"

三个信徒被一番高高在上的传教，沐浴得脸颊绯红，浮想联翩起来。

之后冬天的一个夜晚，我终于如愿以偿地尝到了"第一次"的滋味。

怎么形容？简直是个屈辱史。

但根本没有以前那个同学说得那么丑陋！学习成绩差果不其然词汇量低，这么美好的事情在他嘴里偏偏成了面包和肉饼。如果还能见到他，我一定要指着他的鼻子骂他一句："骗子！！"

我大把大把地流着汗，她弱弱地流着眼泪，眼泪浸湿了她的眼睛、浸湿了床单、浸透了我 1999 年的整个冬季……

现在又是一个冬季，前两天去南京体察民情。在南京南站的肯德基等人。旁边的一个女孩，一手抓起汉堡，一手拿起番茄酱，没有用番茄酱蘸薯条，而是将它涂抹在汉堡中间，吞咽起来。我的思绪撞在天灵盖上，嗡嗡作响。

虽然不知道第一次让我尝到“汉堡”的她现在是未婚还是人妻，却突然很怀念她，那种感觉终身难忘。

从娘亲身子骨上掉下来的这块肉，摸爬滚打了二十五年。

变了好多，稚嫩的脸庞随着叛逆的心理变得有了棱角，弱小的身体随着胡乱滋生的胡楂日趋往上攀升。身高一百五十六厘米的妈妈，站在一百七十九厘米的我面前会不会压力很大？她的答复是：“不管你长多高也是我儿子，我也是你妈！”

二十五年的时光，刻下了二十三厘米的痕迹。海拔落差正好在我的锁骨处，每次和我谈话离我下方二十三厘米处，向下二十五度角的方向都会有一双上仰二十五度角的眼睛盯着我下巴处的胡楂。

距离二十三厘米的两个肩膀走在一起时，她总会习惯性地选择右边。一百五十六厘米的她需要将左臂上抬三至四厘米，才能握牢停在半空中和她相差二十三厘米的小伙子的手。这种画面，是只有两颗距离二十三厘米的心才能体会得到的美感。

岁月无情地剥夺了父母能够向儿时的我炫耀身高的资本，而镜子现在却更加青睐于我，反映在镜子上的事实是我和她的落差越拉越大。

我妈压低我的肩膀，满脸灿烂地说出那句："你长多高也是我儿子，我也是你妈！"是她弥补这二十三厘米距离的借口，对我来说，是要用二百三十年修行才换来的轮回。

我喜欢向我咨询新鲜时讯时的妈妈，这时的她，特别年轻；

喜欢走在大街上有拉住我手习惯的妈妈，这时的她，特别温柔；

喜欢站在镜子前压低我的身高和我比个头的妈妈，这时的她，特别高大。

北京距老家一百八十二公里。

而对我和妈，两颗心永远都只有二十三厘米的距离。

说说我们这个小县城吧，中国是由上千个大同小异的城市构成的。在这个"大同小异的世界"中年轻人必须去的四个地方：

一个是东莞，看看世界工厂是由怎样一群劳动者撑起来的；

一个是凉山，看看转型期中不同族群的命运；

一个是上海，看看这个国家擦得最明亮的一扇窗子；

一个是老家，那个你从此出发却可能永远不会回去的地方。

直到现在，我一直保持着两个月回一趟老家的节奏。也不知道从什么时候开始，每次离开老家，我都会把“去北京”改口成“回北京”，说得跟相声里的贯口《报菜名》一样溜，一样没羞没臊。

按照王鼎钧的话：故乡只是先辈流落的最后一站。

我也问过我爸，为啥不把老家安置在一个从小就有肯德基、麦当劳的风水宝地，那样我也就不会第一次吃完汉堡后蹲在门口，抱着小时候觉得长得巨恐怖的“麦当劳叔叔”死活不松开手且号啕大哭了。

我爸说：“知道什么是老家吗?！老家就是你爷爷的户口所在地！你爷爷一辈子都没吃过汉堡！”

老祖宗从未往我们家族族谱里记载过有关“汉堡”“薯条”“第二杯半价”这些东西，所以我见到它们时注定要悲伤。

就像我刚刚离开家乡的土路，踩在比自己的人生还宽阔的柏油马路上时的悲怆一样，太渺小了。

世界日新月异，高楼林立，满地黄金和商机，街上跑着的不光有美团和百度外卖的电动车，还有其他的欲望。

这些让我模糊了“家”与“老家”的概念。其实，我们都是精神上的游牧民族。

每个人都有自己的舒适区域，它是最大限度减少压力和风险的行为空间，能让人处于心理安全的状态，你明显会从中受益：寻常的幸福感，低焦虑，被缓解。

有的人的舒适区是踢完球后端起早就凉好的一大杯凉白开咕咚咕咚喝下去；

有的人是听夏天午后院子里没完没了的蝉声；

有的人则是叫上玩伴一起去学校旁边小卖部的冰柜里偷两根雪糕；

而我，之前是我妈做的锅贴，后来成了汉堡。

这些留下来的、烙住的、挥之不去的，再在前面加上一个简单的地域概念，就是“老家”。

我小时候有一件京剧脸谱的 T 恤衫，浅灰色，上面画着的三张脸谱分别是：红脸关公、黑脸张飞、白脸的傻 × 小学班主任……

是我妈的一个好朋友送我的，当时我就像梁朝伟爱张曼玉一样喜爱这件衣服，因为它有“魔力”。

我赋予这件衣服拥有可以决定我“终身大事”的至高无上的权力，比如下一节数学课我要不要写语文作业；昨天偷的五块钱一会儿是买铁胆火车侠玩偶，还是去游戏厅骄奢淫逸一次。

它执行权力的方式十分简单——伸出食指，抵在从左往右数的第一张脸谱上，然后心中随机默认一个数字，按着顺序去数，每数一个数字就点一下脸谱，数到最后一个数字，指头落在哪张脸谱上，它就会替我做这个决定。

红脸就是——“去吧！宝贝！干翻这个世界。”

黑脸就是——“这样不行。”

白脸就是——“下次一定要数到红脸上去。”

所以，那张白色脸谱褪色程度要比其他两张脸谱明显得多。

后来，神奇的网上冲浪出现了。太有魔力了，比脸谱、凉白开、锅贴、汉堡都有魅力。那时的我，感觉自己的身体已经幻化成了主机箱，里面流淌的都是数据线。那时的我认为，活着的意义不是星辰大海而是能天天上网。

从此我不再关心那些“无趣”的童趣，眼里没有粮食和蔬菜，也不再需要那件脸谱T恤替我做任何决定。因为电脑和游戏构成了我那时候生命的全部，电脑房就像引力波一样引领我进一步地接近神和爱。

上一次回家，我妈在家擦桌子。她有喜欢囤物件的习惯，在我妈的世界里不存在“垃圾”这两个字。神既然创造了物质，那么它始终就有价值，我妈的任务就是为任何可以利用的物质超度，把它们的使用价值发挥到极致。

我窝在沙发上啃梨，她在剪抹布，余光一扫，看见了一张傻×

白脸。

身体所有的毛孔瞬间打开，回忆从四面八方涌来，顺着张开的毛孔钻入身体，心脏被这些突如其来的“访客”震得打了个激灵。

“妈，你剪的这块抹布是我小时候特别喜欢的那件 T 恤吗？！”

“是啊，你看这三张脸谱，就只剩一张了。”

“那剩下的两张去哪儿了？”

“一张给你纳了鞋垫随着你一起去北京了！另一张被我压在床下，等着你下次回来换鞋垫时再掏出来，你下次啥时候回家呀？”

其实，回老家回到的不是故乡，而是记忆，是曾经的角色、经历、情绪、感受。

我们县是个特别玄幻的小县城，据我大舅回忆，县城的“龙根”就藏在这几座绵延千里的大山中，可能真的是山杰地灵，特别招那些外围的仙啊、七八线的神啊啥的喜欢，还有些有正规编制的佛啊、老道啊，以及大矿主。

所以县里的人都酷爱爬山，我爸也是。

县城抗日战争时是个战场，抗战结束后山里遗留下了很多防空洞，后来不知道谁规定男孩成熟的标志就是能独自一人进洞出洞。

在我接受“洗礼”时终于在防空洞的尽头看到了玄机——一个孤独的安全套静静地躺在那里，仿佛想对每个接受洗礼的男孩说出自己曾经的辉煌。

上学后我明白了，穷学生们没钱去小旅馆，县城当时也没有星巴克、麦当劳这种搞对象圣地，为了掩人耳目就直接把“咱们去找个人少的地方清净一下吧”换成了“咱们上山吧”！

我仿佛参透了我爸为啥酷爱爬山的根本原因……

在我很小的时候爸带我爬的第一座山叫白云古洞。

景区周围峰峦陡峭，除一道天然山门外，再无径可出入。峡谷中洞中生洞，洞洞相连。每年 5 月，到处已是风和日丽、百花盛开，而这里仍然是一片冰川，直到 6 月中旬才开始融化。积雪加上险阻的山道，对于年幼的我来说这他 × 哪是爬山啊，明明是登天啊！

上帝有时候就是这么不招人待见，给你关上一扇门的同时还不忘重重地夹一下你的脑袋！几个年龄大我一些的小崽子，不但不好好走峡谷间的栈道，非得脚蹬着岩壁，跟屁眼里插了蹿天猴似的在山间上蹿下跳。

顿时感觉自己像是正在玩一个攀岩游戏，这些“蹿天猴”就是人民币付费玩家、是 VIP、是贵族，上天入地无所不能，时不时还不忘回头嘲讽一下我这个六级小号，当时真想拿手里的雪糕棍戳死他们啊！

我当时年纪尚小，心理防线薄弱得跟那个躺在防空洞里的安全套一样，被这几个“蹿天猴”崽子会心一击后当场放声大哭。

我爸当时只是摸了摸我的头，解开自己的上衣，露出被跨栏背心包裹着的肌肉，半蹲下去单膝跪地，双臂向后一背，头轻轻往后一扬，嘴角飘来一句：“上来吧！”

感受一下一个六级小号胯下骑着一个三十多级的“坐骑”，在虚拟战场上驰骋得意的嘚瑟样！我爸也算是争强好胜，一路连踮带小跑地赶超了前面那几个“蹿天猴”，而我一直在我爸的背上得意地笑、得意地笑……

可能是太过兴奋，爬山的后半程我一路在我爸的背后睡了起来，梦见了神仙、梦见了昨天、梦见了长大、梦见了我爸在流汗。

醒来时夕阳罩住了整个山间，路边的蟋蟀小虫窸窸窣窣地叫，石板路上有偶尔探出头的野草，一个宽大的肩膀托着这世上小版的自己，我爸踩在石路上的脚板“嗒嗒”作响，我们下山了。感觉那座山，那一年的夏天都被我爸扛在了肩上。

直到现在我爸每天早晨还在坚持爬山锻炼。去年放假回家，突然想跟他再去爬一次山。

第二天早晨，我爸进屋把我捅醒后自己背着手去门口换鞋，我眯着眼倚靠在门口，看着蹲在门口换鞋的老爷子，身板的确比以前矮了一截，肩膀扛完了我哥，又扛我，扛着生活，扛着岁月，扛着扛着，比那年夏天扛垮了好多。

刚爬到半山腰，老头放缓脚步，指了指前面穿裙子的姑娘说了句：“看到了吗，这就是爬山的乐趣！”我连连点头，这一刻父子之情血浓于水，在山腰上潺潺荡开。

第一座峰比较矮，上面有个平台，老爸手里握着收音机，抡着另一条胳膊在空中画圆。我说：“爸，你觉得我能把你背到山顶再背下来吗？”我爸给了我一个“你若不装×，咱们还是父子”的眼神。

我笑了笑说：“爸，把口罩戴好，早晨山里湿气重，别犯了鼻炎。”爸看了我一眼，转身走向去山顶的小路，走到一半回头说：“快点！别歇着了！”我“哎”了一声，跑向他。

小时候，活在大山里，总梦想着有一天能够翻过这座大山，去看看山的那边，去看那车水马龙。如今长大了，在这车水马龙的城市里，时常想着能够回大山一趟，回到清浅黄昏，回到野草小虫，回到山间石板，回到爸肩上。

光是好好活着
已经很累了

文/排版002

租房合同马上到期了，要好好学点说话技术，别让房东涨价太多。

好不容易让房东换了一台空调，结果线路也坏了……

好不容易有个空闲的周末，打算刷一天剧，结果路由器坏了没有 Wi-Fi。

自从有一次半夜没电后，每天都在担心是不是要充电费了。

好像网费也快用完一年了……

电动牙刷每个月要换一次现在这个用多少天了？

门口又贴了一张交物业费的单子。

没有在电商打折的时候囤好各种日用品，好像吃亏了。

冰箱和厨房里的很多东西都过保质期了，要换掉才好啊……

白葡萄酒怎么喝得那么快，家里的瓶子都快没地方放了。

现有的料理锅容量只够两人的，要不要换个大点的啊。

得了一种“一焦虑就要烫白衬衫”的强迫症，衬衫快不够用了。

健身卡还没用几次呢就到期了，手机里全是各种老会员续卡优惠的信息。

朋友聊天的话题我插不上嘴，盲点未免太多了……

全是陌生人的社交场合不想去怎么办……

同事马上要过生日了，要不要送礼物……

同事马上要离职了，要不要请他吃饭……

几年没联系的大学同学跑来问我借钱，该怎么应对？

初中的好朋友“五一”要结婚了，可我不想去参加，怎么拒绝比较好？

夏天马上到了，还没有在春天甩掉一身肉。

最近带新人好像很失败……

我才刚拿手机出来刷啊，怎么一下子就刷了两小时……

刚和物业吵完一架，因为不肯帮我收快递……

生活好——累——啊！

每天各种各样的事情处理不完。根本没有省心的时候！

当自己人生的主角真的要事事亲为，好想把人生过继给别人。

不过还好自己是单身，不然还要处理感情上的问题，肯定更让人抓狂啊啊啊。

不过，我的一个朋友每次在听我生无可恋地抱怨这些事情后，总是对我翻白眼：“你这算什么事情？未免太做作了吧？你知道有多少人现在生活在水深火热当中，多少人还在为温饱挣扎吗？再说了，除非你是什么公司破产啊，妻离子散啊，得了重病啊，你才有资格说苦说累好吗？”

我很不高兴听到这种话。

我知道有很多人正在经历着很糟糕很严重的事情，但我也知道，有很多人现在正和我一样，生活已经慢慢地稳定下来了，大风大浪什么的都已经过去，现在的烦心事就是面对生活琐事。

每个人的一生都不可能一直在乘风破浪、在大起大落，年少时比天还高的心气都定下来了，每天柴米油盐的生活才是艰难好吗。

我也想天天打怪兽啊，不仅酷还很有意义，而生活呢？即使修好马桶换了灯泡也不会得到太多掌声好吗。

而且因为人生前面的时间都放在打拼事业上了，所以没有用心对待过生活，还有一种要从头学起的艰巨感。

有一个过来人朋友安慰我说，我现在感到艰难，是因为我在向“中产阶级”过渡。

“因为你现在已经有了不错的经济基础啦，你本来就是一个很有上进心的人，你想一直往上爬，你想过更上层的生活。所以你就不得不先在意物质生活，要把它们经营得好些，自然会吃力一点，想想看以前吃饭，你是不是觉得糊弄一下吃了快餐就完了？现在你会乐意花一下午做一顿西餐，厨具讲究、食材讲究、摆盘讲究，连配什么酒放什么音乐以及邀请什么人都讲究，能不累人吗？”

哇，好有道理啊，原来我在上升期啊，怪不得累。

虽然“中产阶级”这个词听起来好像不那么友好，有一种土锤想要跻身时尚界的野心，但好像你要想把日子过好，就自然被归类到这个圈子里。无可避免。大家都是出来混圈子的嘛。

“虽然现在很多事情都好像处理得很笨拙，但不要着急啊。十年后你再对比一下自己，生活质量肯定就上来了。”

以前我还吐槽过我一个朋友事儿多，非得跑好几条街去买一个调料瓶，非得等大半个月代购的平底锅，原来开始讲究就只是想过得好点而已啊。

想不到五年前还在为午饭吃昨晚的泡面好，还是重新买一碗泡面好的我，也有今天！

被指点了之后，我就换了一种心态去面对这些让我疯掉的小事。

既然生活可能百分之七十都是由这么无聊的小事堆积而成，我就从中找乐子好了。

仪式感自然就强了些，也就真的开始做作了。比如我要开始打造我的小阳台了，要养些花花草草陪我。

有一件印象深刻的事情是，我买了一个花架，便去楼下小区门口买盆栽点缀。因为都很好看很难选择，买多了又拿不动，很是抓狂，老板娘就提出说可以帮我拿到门口。看到我电梯按了二十八楼，她好奇地问我："那么高的楼，能看到北京全景吗？"

我顿时语塞，因为我住的地方虽然有落地窗，但我甚少往窗外看，虽然也只能看见十里堡地区的某一片景色吧，但我好像总是对着电脑沉迷于网上的世界。真是相当羞愧啊。当然为了安全，最后我也没有让她进家门看看。

嗯，这次简单的接触也让我意识到了光养些花花草草还不够，我还要用心地感受它们的陪伴，用心去感受生活才是啊。

现在每天看看窗外，心境竟也开阔许多。

真的，物质生活并不是那么肤浅的只是花钱买买买，更重要的是那种幸福感油然而生的附加值。

就在写这篇文章的时候，我的 Wi-Fi 又连不上了，但是我并没有抓狂。我像老司机一样，仔细排查了一下原因，判定是路由器坏了，我心平气和地预约了维修服务，并马上确认自己是否有需要联网的工作需要处理。

我真的好像变成一个生活经验丰富的大人了呢，好喜欢自己这种“遇到问题了就想办法解决”的状态啊。

人生还长着呢，要让自己的生活有条不紊地进行着才可以。

对于写东西的人来说，认真对待日常琐事，才能有丰富的灵感源泉啊。

抱歉，
我在北京过得没你想的那么惨

文/排版002

“好久没联系啊，在哪儿发财呢现在？”

“北京啊。”

“哎呀，行啊你敢去北京。租房很贵吧？是不是住地下室？每个月工资不够花还得家里打钱吧？图啥呢北京再富贵也没你啥事啊……”

“……”

“你做啥工作呢？北京那么多人才，没记错的话你大学是二本吧，工作不好找吧？咱们都是老朋友了，有啥苦尽量跟我说说别憋着啊……”

“……”

“你是不是还单身啊？北京对象不好找吧……你平时找不到人说真心话吧？女孩子始终要嫁人的啊，再不回来家里的好男人也被挑光了啊……”

……

昨天登 QQ 给朋友传点文件，看见初中同学的头像在闪动，于是有了上面这段不是很愉快的对话。

这就是为什么我不愿意回到家乡的原因，大家都盼着你过得不好，等着看你混不下去。

同样的事情还发生在上个月，有个高中同学结婚，班长偷偷小窗问我："咱们班上的同学决定每人随五百元份子钱……大家觉得你在北京挺困难的，想帮你出了……"

对于这样的好意我哭笑不得……原来我在大家眼里这么惨啊……我果断拒绝了，不然以后都要抬不起头来了。

竟然还有人在我朋友圈评论：每天在朋友圈假装自己在北京过得好，你一定很辛苦吧……

每次当我想反驳的时候，对方就一副过来人的样子：别骗自己了，我也北漂过，知道那种苦。

这要搁几年前我刚毕业的时候，我应该还能有一种被理解的感动。但问题是，我已经在北京工作三年了，我的处境还不能稍微有点起色吗？

这到底是哪里来的"固有印象"啊，只要在北京工作就会过得惨兮兮吗？我怎么感受不到。

就连我写文章鼓励自己说，工作三年了工资翻了好几倍了，一切都会更好的，都有人嘲讽道：那你的基数是有多低啊……

果然是没有人愿意看你飞得多高，只想看你混得多惨吗？

想起来我的一个同事，他非常看不惯和自己一起来北京打拼的朋友变成了微博网红，能靠发广告赚钱，后来这位朋友不红了，他就每天看他微博的互动量："看到他过气了，我就放心了。"

为什么大家要这么不怀好意！

我知道上述的问题都可以用一句"你过你的，管别人说什么呢"不搭理就行，但我更知道这些恶意可以变成动力。

有人对北京充满执念，只是为了不让等着看他笑话的人得逞。

有人拼了命往前冲，就是为了站在一片听不到这些口舌的地方。

可是，为什么大家都把北京想象得那么可怕，难道来这里就非得混到能和明星在同一个小区遛狗的水平，不然就是失败吗？不然就是很惨吗？难道只有赚多少钱这一个考核指标吗？

惦记我的人哦，很抱歉地说，我觉得我在北京过得挺好的啊。我觉得北漂生活美好得不像话。

我现在的经济水平真的好了很多，每个月还了信用卡、交了房租、给爸妈打钱后还能有一笔可观的余额去做想做的事，即使离大富大贵还很远，却不会再为生存问题焦虑。不过，就算以前银行卡余额只有两位数的时候，我也没有在北京有多苦过，可能是我很享受自己一直在前进的状态，精气神很富足吧。

除了努力赚钱这个万年不变的核心业务，我觉得在北京还可以干很多事。

不开心的时候呢，我就去找各种小酒吧待着。我听过很多民谣歌手在里面唱歌，他们的歌你在网上几乎听不到，如果你不专心听，恐怕再也听不到了，所以你会把手机丢到一边。无数个夜晚我就是被这些歌声治愈的，然后第二天又恢复元气。我还被朋友带去过银泰中心六十三层，去柏悦的大堂假装找人，隔着玻璃看北京的夜景，当然没有消费，哈哈。

没有灵感的时候呢，我就跑去百花深处胡同。北京老炮儿跟我说，当年陈升写不出歌的时候，就是在这里找到的灵感，他用闽南语反复唱着“挖奈诶（我为何）in Beijing”，写出了那首 KTV 金曲 *One Night in Beijing*。虽然它现在只是个破破烂烂的胡同，我却固执地认为我也可以在这里找到为什么在北京的理由。

工作遇到瓶颈的时候呢，就拽着同事们一起去簋街，边撸串边找出解决问题的办法。因为这里热闹，很有人间烟火的味道，让人脑子清醒。比起气氛紧张的办公室，大家都各司其职不管别人的死活，市井的地方才适合互相扶持嘛。

沉不住气的时候呢，就去书店读读书，让灵魂暂时出走一会儿。只要不浮躁，很多想不明白的事情也就慢慢想通了。偶尔会碰上一些出新书的作家来办讲座，会刷新自己对这些作家的固有认识：啊，原来他性格是这样的啊。

又胖又丑的时候呢，我就去三里屯走一圈，盯着各种各样身材好长相好的美女看，刺激自己可千万不能再堕落了啊，没有好的肉体就要多奋斗十年了哦。

无聊的时候呢，我就约少女心 001 这个南城女孩教我北京话，因为我喜欢京腔。她说南城人民不说放弃，说“歇菜吧”，或者“拉倒吧”，执着就是“跟 × 死磕”。她说，放弃和执着这两个词应该是你心里的两个小人吧……一定要死磕赢啊。

无欲无求的时候呢，我就去大望路看看包，看着上面的标价，立马把我的野心拉起来。哎呀，性欲和购物欲总得满足一个嘛。

总之，在北京我能找到一万种方式不让自己消沉。

我也喜欢身边的朋友们都保持着一种特别积极向上的生活态度。

过得太充实了，完全没有时间去和别人比较自己是否钱赚得不够多。

我始终不觉得，要特别有钱才能感受到北京的好，只要足够热爱生活，兜里有多少钱都能把日子过好。

我也不觉得“十年后是否买得起房”这件事有什么大不了的，我现在才二十几岁，目前这种生活状态挺适合我的。年轻时的阅历怎么着也比买房重要吧。

我现在每个月会存一笔钱，自己一个人也住了一年了，生活变得特别井然有序，生存技能满点，连螺丝钉有些什么型号都知道。也开始健身了，平板支撑能坚持两分钟呢。我会经常去 LiveHouse 看演出，也会跑遍全北京的面包店找好吃的全麦面包，偶尔也会奢侈一把去三源里菜市场买海鲜。我有一份前景看着挺乐观的工作，也有随时可以叫出来喝酒聊心事的朋友，我挺满意的啊。

嗯，我在北京，过得挺好的。

大城市也好，小城市也好，不管坐标在哪里，只要过成自己想要的样子，就是过得好吧。

这100个留在北京的理由，足够你撑下去了

文/排版002

1. 在公司总是被命令干一些分外的活儿，不开心。有一回去7–11买东西，北京的同事跟我说了一句“您受累帮我带一瓶水上来好吗”，感觉自己受到了重视。“您受累”是我爱上北京的一个重要理由。

2. 想停步不前的时候会受到良心的谴责。时间在这里更受尊重。

3. 可以经常约好朋友去北京饭店的作家酒吧喝一次做作的英式下午茶。这里可文艺了，泰戈尔、郭沫若、萧伯纳都来过。

4. 在北京不化妆，穿多土、多奇装异服，怎样丢脸都行！因为没人care你！

5. 饭否马上九周年了，我在上面认识的饭友大部分都在北京打拼。大家每天碎碎念，仿佛一同生活般熟悉。

6. 对百花深处胡同有一股莫名的情结，即使那儿一朵花也没有。也许是因为我喜欢陈升这种男人。

7.《老炮儿》里有一段:“新街口怎么走啊?”“和我说话呢?你家大人没教你怎么叫人啊?”没错,我很喜欢北京大爷那股劲儿还有京腔。我就是声控。

8. 北京雾霾这么严重,的确很容易迷失啊,可是它稍微一放晴,就让人高兴不已。

9. 我有一箩筐工体范儿的衣服,那是我的青春。

10. 我在南站幸福街遇见了喜欢的人,它让我相信哪怕自己没那么好,也配遇见爱情。

11. 我和几个大学同学的秘密基地是翠花胡同的悦宾饭馆。只有几张桌子,有时候需要排队,但是一点也不觉得等待让人生厌,大概是因为有人陪着。

12. 在 MAO live house 看完演出还可以去旁边的新疆馆子撸个串,幸运的话还可以带走一个姑娘。虽然 MAO live house 关闭了,但还有很多这样的营地。

13. 坐地铁出来,蹦蹦司机都会热情地向我招手,并体贴地说可以微信支付。每个人都那么紧跟时代,自己不敢落后。

14. 北京的秋天太美了,让我原谅了它大部分时候的残酷。

15. 即使加班到很晚,这座城市也会车水马龙,不会让你感到害怕。

16. 人生的可能性更大。身边的人随时都有可能成为网红,同事的儿子可能被宋承宪抱过。

17. 因为我追星，在这儿能获取更多一手情报呀，朝阳群众的料都很足，而且也更有机会接近偶像们。

18. 三里屯一年四季都穿短裙的名媛们总是刺激到我这种普通的女孩子，也要好好收拾一下自己才是啊。

19. 三里屯五街的咖啡馆会有很多和我一样捧着书度过一个个周末的人，哪里还有那么多读书的人？

20. 去地坛书市买十元一斤的书，让我觉得我的灵魂充实得沉甸甸的。

21. 在皇家驿栈酒店屋顶露天泳池游泳，看着前门全景，幻想自己是一条在天上游的鱼，很解压。也有一种置身在生活之外的感觉，静静地看着北京的变化。

22. 我从毕业时的愣头青到现在的人精，北京见证了我太多的成长，当然我也见证了它的。

23. 为了享受大城市带来的莫须有的优越感，我在这里可以当Shelly、Fendy、Ivy，而不是我自己。

24. 办证比较方便！不然在家乡去台湾都只能跟团不能自由行。

25. 像我这种资深宅，半个月不出门也没事。现在的App可以满足各种需求。送药、送水果、送消夜……甚至还有上门做保健、剪头发的。

26. 这里的人都很接地气。接触过的人中，即使是超级大Boss，也会有一种低到尘埃里的感觉。

27. 大望路上有一个大忘路。

28. 二十四小时营业的书店竟然会坐满，有一种充实感。

29. 我喜欢的摇滚乐队都在北京发展壮大，在鼓楼的馄饨侯就能碰到窦唯、何勇。

30. 因为鹿晗是北京人，所以我对这片土地爱得深沉。

31. 能遇到高质量的情人，选择机会多。豆瓣的“吃喝玩乐在北京”小组、豆邮，都是一种寄托啊。

32. 北京的问候语是“吃了吗”，体现了对饮食的最大敬意。

33. 随时看到新上映的电影、前卫的话剧。见到明星不是什么大惊小怪的事，经常在工体遇见窦靖童。

34. 北京电影节能让我看到很多敬畏的导演的作品。今年看了小津安二郎的《东京物语》，甚是满足。

35. 北京写字楼是个玄幻的地方。在大望路华贸那一片，经常能看见 BURBERRY 和煎饼摊在一条街上分食理想，左边是两万块钱一套，右边是五块钱一套。

36. 世人都说五道口好，我独爱五道营，总觉得这里和繁忙的北京格格不入。

37. 三元桥附近有很多日式居酒屋，可以小酌思考人生，暂时从忙碌的生活中抽离出来。

38. 北京真大，送心爱的女孩子回家，路怎么也走不完，太他 × 合我意了！

39. 司机大哥会放万青的歌，并和我探讨人生。果然，这座城市里每个人都背着很多故事。

40. 北京给了我具体的可实现的目标，从五环挺进二环，各种滋味留给老后回味。我相信热血一点总没错。

41. 不用担心找不到地方消遣。三里屯的青年酒吧外边的摊位上，可以一瓶酒玩一晚上的真心话大冒险。

42. 在北京永远不会满足。地产文案、风险分析师、售楼经理、产品经理、餐厅老板……我可以往人生履历表添加任何想要的东西。

43. 即使没有人可以依靠，也可以靠自己脱贫脱丑脱胖脱蠢。不想一辈子只有穷人的烦恼。

44. 牛街的聚宝源很有人间烟火的感觉，好大一盆的手切羊肉不到四十块钱。

45. 在这里失恋了也不会觉得天塌下来，因为还有很多事情等着我去处理。

46. 你永远不知道这栋看起来普通的写字楼里会有哪个很厉害的团队在工作。

47. 某天看见小区楼下的水果档的大爷弹吉他唱《姑娘漂亮》，竟然有点泪目。生活确实需要一些点缀啊。

48. 刚认识了一个新朋友，加微信的时候看到他通讯录写着“蔡明亮”，我问：“是那个蔡明亮吗？”他说是啊，轻描淡写地说了几件他的事。偶然听来的故事让我深感人和人之间微妙的关系，不再觉得和偶像们有很大距离。

49. 每天都向想要的生活进一步，“北漂”是“在北京活得漂亮”的意思。

50. 据说在中关村的苍蝇馆里会遇见未来的互联网大咖，别人在三里屯努力钓凯子的时候，我在这里等待我的马克・扎克伯格！

51. 夏天的时候在簋街吃小龙虾喝啤酒，赶最后一班地铁回家，根本不觉得没车没房没存款是件大事。

52. 在这里会遇到各种刷新我三观的奇葩事，成长更快，不用等到老的时候才发现“哦，原来这个世界如此残酷”，那时候已没有时间去感慨。

53. 北京允许我矫情。当我想家的时候，特意坐地铁去安和桥听《安和桥》，在那句“你回家了，我在等你呢”出来时哭成泪人。

54. 能交各种各样的朋友。既可以是睡遍全世界五星级酒店的富二代，也可以是普通的代驾司机。其乐融融。

55. 在北京，独自度过一千四百三十二个深夜后 ，我锻炼出了很厉害的一个人生活的技能。如果在家乡，我估计还是被爸妈保护得很好，动不动就玻璃心吧。

56. 每当我泄气的时候，就去北大的未名湖，勉励自己“当年读书时不努力还能拿读书无用当借口，工作再不努力只能成废物啦”。

57. 在北京的生活可以很戏剧化。原来以前在天涯、猫扑，甚至《知音》上看到的狗血故事都可以是真的。

58. 来都来了，不如闯出点样子再走吧。

59. 我不是那种对自己的人生有规划的人，我也没有努力的方向，但在北京，我找到了喜欢做的事情，慢慢找到了方向。

60. 虽然没有朋友可以聊天，但学会了自己消化处理情绪。北京就是这样，任你再厉害，你也逃不掉孤独，只能战胜它。

61. 总有一天心血来潮会打扮得很好看，不用担心没有人欣赏你。走在三里屯会有人来街拍你的，那是一种认可吧。总要有人称赞才有自信活下去呀。

62. 刚来北京的时候，听说大董烤鸭很好吃但是很贵，那时候就把吃大董作为一个目标。后来吃上了，又听说福楼的法国餐厅很好吃但是很贵，于是有了新的目标。北京就是这样，会让你不断增长见识，更新自己的奋斗目标。

63. 因为离家远，过得再惨，做的错事再多，家里人也不会知道，还可以马上重来。要是在家里，人生稍微走偏一点早就被传开了。

64. 满腔热血只有北京可以宣泄。吃过回龙观的土，挤过八通线的地铁，感觉自己像热血漫画的男主角，不会死在第一集。

65. 我一没学历二没特长，在哪儿都没竞争力，还不如来北京死得惨烈点……什么都没有，我还不能有点胆量啊？

66. 我随时可以推翻自己的观点，昨天还觉得“不买房好”，今天又觉得“还是买房踏实”，打脸打得很爽。

67. 很多喜欢的作家都是北京的，石康、王朔、王小波、冯唐……北京的文化人比较多，离他们近一点感觉自己不那么肤浅。

68. 在这里我学会了万事都要继续前进，因为只要稍微花时间流泪感伤，就会被甩得很远。

69. 虽然很多人都不会再去 798 了，但它确实是我当初变得有点精神追求的一个指引啊。虽然我现在物质上还很匮乏，但我不会浮躁，我知道总有一天我该得到的会来的。精神大法好。

70. 北京平时就像一个糙老爷们儿，但是关键时候总能温柔待你。有一回加班回家很累，看见一家医院写着“24 小时创伤急诊”，自己就被治愈了。

71. 小时候觉得在出版社工作很洋气，而北京是出版业聚集地。

72. 不开心的时候我可以去国贸大酒店的八十层云酷酒吧看北京夜景，一切烦恼都会消失在夜色中。

73. 去各种老店里吃卤煮喝北冰洋，能够让你从纸醉金迷的物欲中冷静下来。

74. 因为我有机会能跟马頔像朋友那样聊天，听他的歌跟认识他这个人感觉是完全不一样的。

75. 虽然北京有时候堵车很厉害，但反而被磨炼了耐性，现在都能很淡定地在堵车过程中静下心来看书，有一种偷得浮生半日闲的感觉。

76. 北京有一种年轻的状态。四十岁的大叔还是能熟练地掌握各种网络用语，不服老。

77. 典型的北京大男孩都很贫，就像大张伟老师那样逗得你每天都很开心，和他们交往过后就再也不想尝试别的人设了。

78. 北京很随性啊，万事都是“你开心就好”，你想来就来想走就走，没有人会强迫你。

79. 虽然会抱怨后海太商业化，但隔三岔五还是会去那儿散散步，一边抱怨“这届民谣不行啊，没有爆款”，一边和朋友们侃大山。

80. 每次出地铁接到“帮你圆梦”的传单我都不甘心，我要自己实现梦的好吗。

81. 在这里被搭讪都会质量高些。

82. 很容易遇到志同道合的人，玩文身的可以和玩文身的混，跳街舞的可以和跳街舞的切磋，混音乐节的可以和混音乐节的扎堆，可以活得很朋克。

83. 不高兴的时候我就跑去景山公园看故宫全景。自从看了《我在故宫修文物》，就知道那里有一群独具匠心的人在认真对待生活。很治愈啊。

84. 北京治好了自己的很多毛病，不思进取啦，自以为是啦，眼高手低啦，年少轻狂啦……

85. 这里有很多例子给我坚定的信念：只要肯努力打拼，就有机会出头。就算没有，也不会过得太差。

86. 在北京，要在二十五岁前赚到五百万不会觉得是痴人说梦。

87. 四十岁的女上司还在自学日语，我有什么理由当咸鱼。

88. 加了外卖小哥的微信，他的签名是“多送一份黄焖鸡，离梦想就更近一步”，让我很被激励。

89. 环境很重要啊，在家乡，很多男人到了四十身材就走样发福了，但是在北京，大多数人还是会健身保持身形。对自己有要求才能对人生有要求。

90. 不甘心在小城市听别人的故事。

91. 有一回快递小哥给我打电话让我收件，我说放物业吧，他说很重你自己拿不动的，我在你有空的时候再给你送。同是异乡人，大家都会多几分照顾。

92. 北京能让人看清“自己只不过是个普通人”的现实，慢慢地让人变得踏实，不在云端跳舞也可以很好。

93. 即使是 loser，在这里也不会输得太明显。反正大家都是不起眼的小人物，莫名有一种安全感，嘿嘿。

94. 我住过鼓楼的胡同，虽然要用公厕，虽然很多蟑螂。但每天进出都会看到热心的北京大妈大爷们在聊天，他们依然会为了某件小事奋力争取，嚯，瞬间精神啊。

95. 在北京失败的次数比成功多了去了，但有一种“经验比财富更重要”的感觉，锻炼出了一种淡然面对人生大起大落的心境。

96. 在这里放弃高薪去从头开始学一门手艺，不会有人觉得你是在作大死。

97. 反正别的梦想都丢光了，就把北京当作自己的梦想吧。

98. 即使窝在十平方米的出租屋里，我的世界也可以很大很大，我可以放肆地去构想我以后的人生啊。

99. 北京教会了我很多，起码我现在能分得清东南西北了。

100. 上面的九十九个理由加起来，都抵不过一个你。

我的时间就是不值钱，怎么啦？

文/排版002

我也是最近才对时间有了紧迫感。

之前吃同事的离职餐，得知她马上就要去英国读书了，说实话我很惊讶，上班时事情那么多，她哪有时间搞这个啊，肯定是工作时间不干正事。

我问她怎么做到的，她轻描淡写地说："每天挤点碎片时间看点书呗。"

事实上，她的工作很出色，要离职的时候老板还想挽留来着。

这让我很羞愧，我下班回去都会躺在床上玩手机，办了健身卡也没去几次，借口都是"哎呀，忙死了啊，哪有时间啊"。

但是我的人生真的有这么忙吗？

不见得吧。依然在最后期限的时候交不出稿子，脏衣服还是堆积了一星期没洗，连手机内存不足了都迟迟没有整理相册，快递收到了也是几天后才拆。

工作也总是拖拖拉拉的，老让别的同事替我擦屁股。

我的一个记者朋友和我说，他看过一个当红明星的行程单，二十四小时连轴转，真的是连睡觉的时间都没有了。

“你说明星都那么有钱了，干吗还要那么拼，给自己找罪受啊？”

“娱乐圈分分钟就出新人，不拼不行啊。”

也有那种粉丝几百万的网红朋友，我觉得现在应该是过着“躺在家里数钱”的舒适日子，可是每天都累得跟狗一样，丝毫不轻松。

要是以前，我肯定是唱反调的，嘁，这么努力干吗啊，我本来可以无惊无险过完一生的，就是被你们衬托成咸鱼了。

真讨厌啊！

最近发生了一些事情，简直是啪啪啪地打我脸。

我妈天天给我打电话倾诉，因为家里出现财务危机了，她睡觉都不踏实。

她很丧气地对我说：“以前年轻的时候，从来不怕没钱，因为自己有很多种方式可以马上赚回来，可是现在年纪大了，连这个社会发展成啥样了都不知道，哪里有给中老年妇女赚钱的机会，很害怕。我真希望自己年轻的时候受苦，年老的时候享福，而不是反过来，我都没有时间去反转了。”

这让我良心很受谴责，我都快三十岁了，我妈遇到了困难竟然不是想着找自己的女儿帮忙一同解决，而是感慨自己怕是不中用了。

可见我在她心里得不争气成啥样。

这也让我第一次对时间有了紧迫感，我不能再这么心安理得地浪费了。如果年轻的时候还不抓紧时间干点正经事的话，年老的时候恐怕会力不从心了。

我也得从现在开始为将来有可能出现的危机做点储备，不能让爸妈一把年纪了还在外面拼。

我在公司里开始带新人，咳，我已经是老员工了嘛，哪里有什么激情，带人也是随随便便。新人给我交作业，我都没认真看完就说挺好的啊，赶紧完事下班回家。我特别怕他向我请教问题，怕他提出什么新的想法，耽误我偷懒的时间。

那个小孩是 1996 年的，年轻气盛得很，自然对我的态度很不满意。他给我写了一封邮件，指出我一系列做得不对的地方，并希望我对他要求严格一点，他不是来混这份工资的，他是来学东西的。

起初我还想“他也就刚来几天热血，慢慢就被同化了”，后来发现他每天都加班到凌晨才走，已经把公司里做过的案例都熟记于心了，工位上一堆书，都贴着便笺纸，写满重点，午饭时间我们在会议室聊天混工时时，他也在工位上勤奋地啃书本。

这让不想往身上揽活，只想快点打卡下班还被当成前辈的我很受刺激。

1996年的孩子都在竞走，我干吗在乌龟爬啊？

光有思想觉悟还不够，还得有行动。

朋友教训我说：“你总在打发时间，那是你生活中美好的东西太少了，要追求的太少了。”

“可是真的有必要把时间都放在工作上吗？”

“不会啊，认真工作只是认真生活的一种，还可以有很多啊。”

让时间变得更有价值，只要多做一步就可以了。

如果说你就是喜欢和朋友出去喝酒聊些有的没的，那也OK，你可以当一个专业的酒鬼。你可以把去过的酒吧、喝过的酒通通记录下来，想办法多去了解一些酒的文化。有多少酿酒的大师，都是因为爱喝酒！

爱看电影的，多写写影评，看看导演的想法，找剧本来研究研究，总之就是要比普通人多花点时间去看些背后的东西。现在很多混得风生水起的电影圈红人，都是影迷出身！

爱上网的，多培养培养网感，写写段子，你看现在很多网剧都可以做起来，就是缺编剧，现在很需要这样的人才。

这些你琢磨透的东西，以后都可以变成金钱。

只要稍微多做一些努力，你的这些日常行为就不是浪费时间。说到底，把这些小事做好就能搞清楚自己以后可以追求些什么。

说得真有道理。

我总算明白了，其实认真对待时间，就是认真对待生活。

我开始学会了管理时间。

早上要七点半起床吃早餐，顺便做好中午和晚上的便当。每天的工作任务也都写在纸上。看剧、看书都会写好观后感，去餐厅吃饭也会认真写点评。刷手机的时间不会超过一小时，每周要有两到三次的健身时间，每个月参加一个讲座。

坚持了三个多月后，还是觉得打发时间轻松。

好想当回咸鱼。

今晚有人
等你回家吗？

文/少女心001

我是个从小叛逆的人，和父母的关系一直紧张。

我和爸爸出门，两人总是一前一后地走着，互相不说话。刚工作的时候，下了班能去外面社交就不会早回家。初入社会的我，总以为我朋友遍天下，不缺陪伴。对爸爸打来的电话，我的回复总是十分不耐烦："对，对，今晚不回家吃饭了，不要等我！"

可是爸爸还是会固执地在小区门口等着我，碰到他的时候，他总假装是刚遛弯回来。

有一次碰到邻居家的阿姨，看到我们父女俩，笑着说了句："您又接闺女去啦！什么时候才能放心啊！"我听后十分不爽，丢下我爸，快步朝家的方向走去。可能是自己太软弱，所以对独立的问题太敏感，当时在我看来，陪伴就是禁锢。

后来，爸爸腿脚不好了，很少下楼。而我的工作加班更多了。有一天，我发现爸爸在阳台装了一盏灯，我问他为什么。他说，有时候晚上去阳台找东西方便。我就没在意。

那天晚上，我还是加班，到家的时候都快十二点了。小区里一片漆黑，没有人影。我紧了紧大衣，不自觉地加快了脚步。快走到楼下的时候，远远地望见了我家阳台上的灯光，很亮很亮。我家在二楼，那盏灯就那样照着我从远处一直走到家门口。

那一刻，我突然鼻子很酸。叛逆了整个青春期的我，第一次切身感觉到了父亲沉默的爱。

那天回到家，家里给我留了热菜热饭。父亲还是沉默不语，看着象棋书。我在阳台站了一会儿，顺着灯光，能清晰地看到我从小区门口走过来的路，很明亮。从那以后，只要我加班，阳台的灯都会一直亮着。不管周围多寂静，我只要远远地望见阳台上的灯光，就有了到家的安全感。

那时我才明白，外面的喧哗热闹，远不如回家路上的一盏灯。在旅途上的人，更会明白，远远望见的万家灯火，那就是人间烟火，就是有人在等你的安全感。

上面这段话，我大学的闺密也和我说过。尽管她现在已经回到温暖的南方了。大学的时候，我们一起在学校附近租房。那时候，我总是玩到很晚才回家。可每次我回家的时候，客厅的灯都开着。一般桌上都会留张字条：

“肥仔，疯回来厨房里有我的黑暗料理，你随便热热。”

“胖妞，你一定忘了明天要交线性代数的作业。记得抄的时候别把名字抄上！”

“单身狗，纸巾都被你擦鼻涕用完了，失恋的你需要巧克力，老娘买了放冰箱了。”

因为习惯了闺密的陪伴和关怀，渐渐地不以为意，忙着和渣男谈恋爱，忙着各种社团活动，很少能真的和她在一起逛逛街、聊聊天。然后，我们就毕业了。

她就要回到温暖的南方做公务员了。我还记得把她送上大巴的时候，我们哭成傻瓜的样子。我说：“赤西仁给你了，我不和你抢了。”她说：“金城武就留给你了。还有，你别忘了充电卡。”

闺密走的第一天，回家的时候，家里一片漆黑，冰箱里也没了零食，屋子里冰冷一片，没有人再给我留一盏灯、写一张字条了。

这时才突然意识到，之前她默默付出了那么多，默默陪着贪玩的我。这种友情的陪伴，以后也难有了。只有当它失去的时候，才会知道有多重要。

闺密说把金城武留给了我，结果我却收到了“汪峰”。他是个喜欢穿皮裤的男生，我总戏称他是“汪峰”。我是个重度颜控，是“汪峰”的默默陪伴让我觉得他是值得交往的人。

夏天在某森林音乐节上，不会开车的我坐着大巴到了山沟里，晚上下了瓢泼大雨，为了看完朴树的表演，我错过了大巴车。当时的场面十分混乱，路面泥泞，私家车堵得厉害，到处是顶着衣服慌忙跑过的人。我躲在厕所旁避雨，“汪峰”发微信过来，我把自己冻成狗淋成狗的状况描述了一下。我正准备等着人群疏散后，求助哪个好心人带我回六环呢……结果“汪峰”发了一个消息说：“我去接你。”

然后他就像超人一样，冒着大雨，从西二环来到了延庆。当时我冻得发抖，他没说什么，给我递了一杯热水。那个时候，我才觉得，“喝点热水”这句话简直就是“我爱你”。

我才发现，从认识他以来，他一直默默地陪伴在我身边，在我最需要的时候，三步之内可以找到的人，是他。

在太年轻的时候，人们会不自觉地被五彩斑斓的景色所吸引，急于逃离或者是自动忽略掉身边熟悉的一切。但经历过一些挫折，见识了一番残酷后，才会明白，真正在意你的，是一直陪在你身边的人。

在我高一的时候，一个黄昏，男班主任老师突然兴致大发地对我们说，他觉得人生最幸福的时刻，就是他坐在书房靠窗的位置，读着一本书，当天色渐渐暗下来的时候，他的爱人推开门，默默帮他打开灯。两人相视一笑，并不用多说什么。

当时同学们听了都觉得矫情，笑着嘘了班主任老师。但过了十几年后，我才悟出这幸福的含义。那些值得去珍惜的，能给你真正温暖的，从来都是无声的陪伴，就像归家路上的那一盏灯。不必在乎外面有多少热闹的风景，只需在乎有没有人能在天色将晚时为你开起一盏灯，等你回来。

“

日子过得即使不如想象中精彩。

没有遇到想爱的人。

没有成为牛×的人。但我们仍在很多人的生命中被需要。

”

Chapter 3

因为爱你，
我想变得富有

大忘路

“春节快乐”
“嗯，我也想你”

文/排版002

越是热闹的时候越是想起的那个人，证明他在你心中真的很重要吧。

2016年春节。此刻炮声起伏，我在垦丁的一家民宿里。电视里播着加油男孩组合表演的节目，公司微信群里乱哄哄地抢着红包，手机里满是群发的祝福信息，家里微信群里亲戚在唠家常，我在“嗯嗯”地回应着，同学群里混得比较好的那几位在张罗着聚会，朋友圈里的好友在想着法子骗红包。窗外黑色的船帆石完全看不见。

因为今年不回家过年，所以不用考虑如何应对“来都来了，还带着一堆恶意的亲戚”之类的，倍感轻松。甚至还可以任由自己沉浸在小情小爱的情绪当中。你看啊，即使是如此隆重的春节，只要我不在现场，就是一个普通日子，所以非要在这种披着节假日外衣的日子里高兴吗？

无非就是一个寻常的日子罢了。

我塞上耳机继续听张信哲的《信仰》。因为他上《我是歌手》第四季了，于是又被炸出了很多回忆。

记得小时候第一次听到张信哲的《信仰》是表哥放的卡带，那时他因为交了一个比他大很多岁的女朋友被家里人反对，闹得天翻地覆的，他就整天放这首歌表明他的立场。

那时候电视里播的还都是一些父母会强行拆散情侣的电视剧呢，我觉得表哥真的很勇敢，敢和爸妈说“不”。

从那时起我就一直在想，长大后我会和谁谈恋爱呢？我也要像表哥一样坚定才是啊。

可惜谈的恋爱都还远远没到我说的坚定的阶段就夭折了，对方都半路就改变主意去保护别的花了。

可能是大家都年纪尚小吧，我也没那个自信能让他为了我抵抗住所有小美女的诱惑。

什么样的爱是一种信仰呢？

我不知道。

很早之前有人问我，说她的男朋友很渣，做了很多对不起她的事，她很努力去原谅他，却总会被再次伤害，她很痛苦，问我该怎么办。

我问："你为什么不离开他呢？"

她说："因为他符合我对爱情的全部想象啊，而且我年纪不小了我们镇上的人也少，怕再也遇不上了。"

这样单方面努力的爱是一种信仰吗？

我不知道。

我只知道我和前任分手的时候，和一个年纪较长的朋友喝酒，我说我很难过，挺舍不得的。

他说："舍不得就去挽回啊，哪有一吹就破的爱情？"

我仔细回想了下，无奈地摇了摇头，因为我能明显地感受到他对我早已不感兴趣。我没有告诉他我死心的原因，只是因为在我们分手的第二天，我胡思乱想的时候想登录他的微博，发现他改密码了。手机里之所以有他的微博账号是他之前登录的时候留下来的，我没有删也没有登录过。可能恋爱中的人都比较傻吧，总觉得这是一种信任。没想到第一次登录竟然如此难过。

单方面的信仰有意义吗？没有。现在的成年人谈恋爱已经不流行一哭二闹三上吊，甚至假装怀孕来挽留对方了。分手了，就拉黑。

可是真的好想遇到那样一位愿为我披荆斩棘的人啊，满足一下我那颗想为爱情变成战士的心。

我至今还没找到我的信仰。

以前春节回家最怕的就是爸妈问我感情问题。记得之前妈妈知道我在谈姐弟恋的时候就非常不看好，她说你也没什么资本好挥霍的了，还不收收心找一个靠谱点的。

我总是说："你看李阿姨（我妈很讨厌的人）那样都嫁出去了，你还担心我吗？我可是有你的基因啊。"

她拿我没有办法。虽然她还是很希望有一年春节我能带一个"长得端正"的小伙子回去喊她"伯母好"，但她已不再催我。

毕竟爱情真的不是催来的。

今年虽然不回家，但远远地也能从电话那头感受到爸妈的担忧：女儿又老了一岁了，是不是更难销了？

毕竟无论你经历过怎样的爱情，在他们面前，你还是单身。

他们也希望有一个人能和你并肩作战，毕竟一个女孩子在外面总归是很辛苦的。

不过说真的，以往的春节都是热热闹闹的，这回变得冷清了还是有点不习惯。想起以前，趁着鞭炮震耳欲聋的时候给喜欢的人打电话："喂，春节快乐啊！不说了啊，好吵啊，我还要打给别人呢！"

挂了电话后，心简直跳到了嗓子眼，这种假装给全部人打电话，但其实只打给他一个人的事情，还真是少女才干得出啊。

这种处心积虑不放过任何一个机会靠近喜欢的人的行为，还真是让人怀念啊。

忍不住取笑了自己一番。

我换了一个台，新闻上在说昨天的台南地震还有百余人失联，而我昨天差点就去台南了，不禁暗自庆幸。

我马上就要二十八岁了。

我还活着。

我仍对爱情抱有幻想。

我仍在担心我会和谁谈恋爱。

没准就像王菲说的那样："没准在电梯里遇到个水管工就爱上了。"

想起昨天刚睡醒，看到手机里很多人问我才知道地震了，虽然我一点事也没有，但看到你们那么担忧，心里竟然有点侥幸的开心。

是啊。

日子过得即使不如想象中精彩。

没有遇到想爱的人。

没有成为牛 × 的人。

但我们仍在很多人的生命中被需要。

如果不是那么贪心的话，也足够点亮无数暗淡的夜。

我多么希望人生能像电影那样有一个圆满的剧本。那么此刻我就会收到一条“春节快乐”的短信，然后我回他一句“我也很想你”。

然而并没有。

P.S. 这是一篇 2016 年大年三十的碎碎念。

和“我爱你”有关的69件小事

文/排版002

比起一句“我爱你”，我更爱这些相处里的细枝末节。

1. 你送我回到家门口时，每次都会顺便把门口的垃圾带下去。

2. 我提过一次有一本诗集怎么也买不到，你之后出去玩时总会抽时间去书店，终于给我买到了那本《小鸟在天空消失的日子》。

3. 你知道我喜欢吃杨梅，回老家的时候特意给我带了一篮新鲜的过来，虽然经过两千多公里的路程，杨梅已经有点破损，但果然比北京的好吃多了。我觉得自己的待遇跟杨贵妃似的。

4. 压力太大给你打电话，你就在电话里静静地听我哭了一小时，后来我睡着了，醒来一看电话还没挂，我不好意思地说了一句抱歉，竟然马上传来你的声音：“没事。”

5. 你比我小四岁，总是会担心我在意我们的年龄差。去游泳馆的时候需要先做个简单的血压检测，要填表，你故意把我的年龄写得比你小。

6. 打车回家的时候，司机大哥的歌刚放出来，你马上请求他关掉，然后偷偷给我发信息："你听到这歌是不是会抓狂。"懂我哦。

7. 我喜欢吃鱼，你自称学会了"鱼的 99 种做法"。

8. 我天生长着一副"不高兴脸"，别人总是动不动就问我为什么不高兴，让我很尴尬，你从来不问，因为你懂我所有的心情。

9. 你送我去机场，我进安检后赶紧拿出手机和你打电话说再见，你说你不赶时间，在机场等我飞机起飞了再走。

10. 我学日语，因为进度很慢，越学越没有信心。你每天晚上都缠着我念课文给你听，做出很浮夸的反应，夸我很厉害。

11. 你看见我放在桌子上的书折角了，一页一页地帮我捋直。

12. 家里乱糟糟的，我总是乱放东西，但你总能记得什么物品放什么位置。上一秒我找口红找得要发疯，下一秒你就递到我跟前。

13. 我躺在沙发上，枕着你的腿看电视，不知道什么时候睡着了，等我睡醒的时候发现你就这样坐着看书，电视声音也不知道什么时候被你静音了。

14. 我爱写错别字，你买了打印机放家里，每次都会把我的稿子打印出来仔细校对。

15. 记得我喜欢吃宽粉，每次吃火锅总会先帮我点。记得我喝咖啡只喝美式加奶，记得我只穿白色的内衣和内衣的尺寸。

16. 公交车上我睡着时，你总会把我的头固定在你的肩膀上。

17. 天冷的时候，早上你会用吹风机帮我把内衣的钢圈吹热，怕我换衣服的时候被冰到。

18. 你说你最喜欢秋天，因为我的嘴唇总是很干，你就有借口常常轻吻我。

19. 在我出门前，总会把充好电的移动电源放进我的包里。

20. 你会郑重其事地担忧我的安危，你有一个手机相册，里面拍的全是送我上出租车后的车牌照。八竿子打不着的事你都会借机教育我要学会保护自己。

21. 每次只要有鹿晗封面的杂志，你都会到处托朋友帮我弄到（有时候市面上很难买到）。会特意发鹿晗的表情包给我。

22. 那天我放了个很响的屁，我尴尬得想钻进洞里，你跟没听到一样，继续玩游戏。

23. 玩手机玩到深夜，着凉突然打喷嚏，你翻个身过来就抱着我还给我掖被子，你当时已经睡着了，完全是下意识的反应，好苏啊。

24. 我容易被一些小事激怒，你对我的臭脾气总是照单全收，等我气消的时候再向我索要肉偿。

25. 有时候忍不住发了条朋友圈吐槽一下工作又秒删，你就会立刻小窗过来：以为删掉了我就看不见啦？哼哼。又背着我生气啦？

26. 约会的时候我没有按时间到，你不会先责怪我，而是会说等我是一种幸福。

27. 你说你长得像胡歌，我能找到你这样的男友真是让万千粉丝羡慕。我说才不像呢，胡歌肯定没你那么讨人厌，你说你见过胡歌

WANAN

那些值得去珍惜的，
能给你真正温暖的，从来都是无声的陪伴，
就像归家路上的那一盏灯。

那些值得去珍惜的，

能给你真正温暖的，从来都是无声的陪伴，

就像归家路上的那一盏灯。

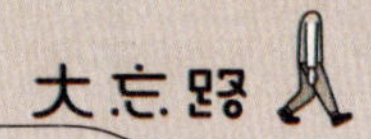

日子过得即使不
如想象中精彩。
但我们
仍在很多人的生
命中被需要。

日子过得即使不如想象中精彩。

但我们仍在很多人的生命中被需要。

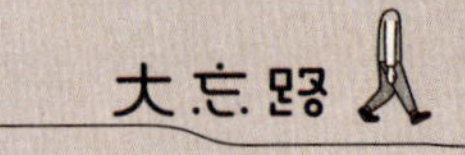

对最亲近的人的样子吗？

28. 我肠胃不好，经常肚子痛，有时候忘了随身带药，但你从来没忘过。你说你就是我人生的备份。

29. 我们一起看北京的夜景，你说你把眼前的这幅景色送给我了，虽然没有月亮没有星星只有不属于我们的灯火辉煌，但你就是星星月亮。

30. 每隔一段时间你都要我把关注的公众号分享给你，这样你就能了解我最近在想什么了。

31. 我太为工作发狂的时候，导致颈椎出了问题，精神也无比焦虑，你会主动帮我联系健身教练，并详细询问好每一个课程，直接把报名表扔到我手里。

32. 你担心我太㞞，被私教欺负了也不说，每天都会逼问我有没有被欺负。

33. 我减脂入了魔，每天都因为体重心情起伏很大，你偷偷在秤上动了手脚。

34. 连续十遍叫我的名字，我问你干吗？你说没干吗。

35. 我做了很难吃的菜，你还是一脸幸福地吃完，并且抢着把碗洗了。

36. 你帮我修电脑的时候，把文件夹命名为“这个下载的时候用”“这个你一般用不着”“图片放这里”“千万不要删掉这些”……在印象笔记里帮我建了一个叫“给 ××× 这个白痴的日常生活所需”的笔记本。打开一看，里面的条目有：电脑网速不好时、无法拖文件进硬盘时、想翻墙时、饿死了才想起来吃东西时、需要寄快递时、Office 软件需要更新时……

37. 我想买个洗碗机，可是租的房子厨房太小了放不下，第二天你就自己画了一个装修的草稿纸，对我说以后咱们家的厨房要这样，还有这样……

38. 和同事聚会通宵，散场时你来接我，你一看见我就要亲我，我说我没刷牙，你说你不介意。

39. 一起看《奇葩说》总决赛，我们争论着该不该穷游，你说反正我不会让你穷游，我不会让你吃苦！

40. 我的手机软件很多红色图标懒得点开，每次你都耐心地帮我一个个点开消灭掉。

41. 你只比我高一点点，所以我从来不穿高跟鞋。你知道原因后，跟我说没关系，说我穿高跟鞋好看比较重要。

42. 走在三里屯，有卖花的一直跟着让你买花，你认真地跟他们说："我不会买的，因为这样很被动，好像我是被逼着买给我女朋友的。会显得我很没有诚意。"第二天，我收到了你的花。

43. 你明明恐高，还是会积极张罗着带我去上海迪士尼玩过山车，因为我喜欢。

44. 吵架了我板着脸一天没理你，晚上睡觉前你小心翼翼地从背后戳我，问气怎么还不消，这个充气娃娃质量这么好。我一下就被逗乐了呢。

45. 为了赶早班飞机，定了六点的闹钟，你五点就起来为我准备早餐，给我多加了一个鸡蛋。

46. 你第一次把我介绍给你的好哥们儿，他们说这就是被你夸上天的嫂子啊！我看到你一脸骄傲。

47. 我们去鸟巢听五月天演唱会，你说如果我们不曾相遇，你肯定不会来北京。说不定就在温州的一所学校当体育老师了。我说“说不定你过得更好呢”，你说就算在温州肯定也会遇见我，只是时间早晚的问题。

48. 在人潮汹涌中，你突然回过头亲吻了一下我的脸颊，对我说这世上这么多人，真怕你当时从我身边走过。

49. 写东西没有灵感抓狂的时候，你在我面前搔首弄姿地说，今晚姿势随便你挑，爷给你灵感！

50. 你不小心把红酒洒在我新买的桌布上，怎么也洗不干净，你嘴上说脏点就脏点呗，这就是生活阅历。我独自生闷气。第二天回家看见一大桌子菜，摆在一块一模一样的新桌布上面。

51. 我的家布置得很冷淡风，你每次来都会带来暖色系的小东西，不知不觉家里变得充满了人间烟火。

52. 无意中发现你的手机里的歌单全是我喜欢的歌，我说你不是不听民谣的吗，你说你想以后都陪我去看演出。

53. 你对我总是特别上心，连我把句号打成顿号都能看出我不开心。

54. 你说你以前觉得当房奴一点也不酷，和我在一起后只想早日当上房奴。

55. 你有唱歌恐惧症，可是在我生日唱 K 的时候，竟然放下了心理包袱给我唱了一首《特别的爱给特别的你》。

56. 有一年我去长春找你，刚好去看赵雷演出，地方很小人很多，我挤在前面，你很安静地在门口等我。

57. 你竟然用小号，关注完所有我喜欢的明星，比我还熟悉他们的动态。

58. 你要我讲小时候的故事给你听，你说这样你也算参与过了。

59. 吃牛排的时候我说要八成熟的，被服务员瞧不起说没有八成，你袒护我说好好说话，不成熟的就说不成熟，说什么八成熟！

60. 你说今天看到的一切都很像我。

61. 我们租车去自驾游，不小心出了小车祸，你一个劲儿地责怪自己不小心，万一我出事了怎么办。

62. 我的眼睛因为长期看电脑视力受损，每次出去吃饭，你都要点鱼，并把鱼眼睛给我吃。

63. 我用你的手机玩 Siri，随口说了句“我要看美女的照片”，结果推出来我的一张很久很久之前的丑照。哼。

64. 那天在餐厅吃饭，突然传来万青的歌，你感慨道我们第一次在酒吧见面，乐队唱的就是这首歌！我才发现你的记忆力真的很好。

65. 我玩 QQ 斗地主很菜，往往几盘后就输光了欢乐豆。你没事就会拿我的号玩，给我赚了好几万欢乐豆。

66. 你说你要回一趟家，我说顺便带我去杭州转转吧。你不同意。第二天起来看见你在打包我的行李。

67. 住酒店的时候，你一进房间，就皱着眉头给前台打电话要求换床单，你说我女朋友睡眠浅，颜色太鲜艳的床单她会睡不着！反应过来的我，被你的细心感动到了。

68. 你英语不好，有一回我出差，你问我想念的英文是什么。我说："Miss 啊。"你说："You are not here."

69. 纪念日的时候你说："时间过得真快啊，还差七十几年我们就在一起一辈子了！"

人家也好想撒个娇哦

文/排版002

因为从来没被宠爱过，所以从来不会过分索取什么。

前几天去上海看完鹿晗的演唱会，一个人待在酒店里无意中看到电视节目《旋风孝子》里，黄晓明为了逗妈妈开心，扮演幼儿园时期的小明，各种卖萌撒娇，我竟然被圈粉了，然后突然很难过。无论我在外面发生了多么开心的事情，我的父母都不会知道，我们就这样过着各自不干扰的人生。

他一定是从小被呵护着长大的吧，以至于成年后还能这么孩子气。我羡慕他看起来这么不谙世事一副心肝宝贝的样子，因为我从来都没有在爸妈面前这么撒娇过，即使是在我还是孩子的时候。

我属于那种被爸妈“过于放养到完全不管”长大的孩子。小时候可能还会觉得酷很自由，因为我不用像别的小朋友那样放学了就要回家，出去玩耍要经过严格审批，没有完成作业就被打哭骂哭。

但时间长了就会觉得孤独。

初中的时候我住校，家里给买了手机，那时候别的同学都还是用公用电话给家里打电话呢，可我的手机从来没有响过，同学的电话卡却打完了一张又一张。

第一次来大姨妈，第一次意识到自己胸部发育了需要戴胸罩，第一次遇到流氓……很多人生中重要的成长事件都是自己度过的。

甚至连高考这种事吧，别的父母都紧张兮兮的，他们也不管不问。我就算考全校第一，又有什么意义呢？

就连青春期叛逆逃课打架什么的，我都是玩腻了，自己又回归到了好孩子的队伍当中。

我记得有一次坐飞机，听到旁边的一个阿姨在谈论她上大学的女儿："她说去做家教，我是不同意的，万一那家人是坏人呢？她说要和同学去发传单，我说那你只能到人多的地方去。她说有人在追她，我说那你可千万不要随便跟他去开房不戴套，女孩子千万要有安全意识……"

而我小学就开始"不回家父母也不会在乎"的生活了吧，我竟然很羡慕，我也想被严格管教呢。

也许就是那句话：“你所嫌弃的正是别人梦寐以求的。”

在这样的成长环境下，我出现了很严重的心理障碍，真的很难相信会有人给予我爱。

所以我生性薄凉，几乎没什么朋友，和任何人都保持着距离。

所以我谈的恋爱都很失败。

也许是因为我骨子里早已经对人世间所有的感情感到绝望吧；也许是因为我习惯了独自饮泣吧；也许是因为我很擅长自我治愈吧；也许是因为我不会撒娇，不懂得“会哭的孩子有奶喝”吧；也许是深知“想要的东西要靠自己去争取”，所以从来不依靠他人吧；也许是我受了委屈也不会索要抱抱吧，反正和我在一起的男生都不会太有存在感。

他们都觉得没有被当作男朋友去对待过，我从来不会示弱，不会吃醋生气，不会无理取闹。我太冷静太懂得照顾自己了，以至于他们“被需要”的虚荣心被弃之一旁。他们说得最多的一句话就是：“能不能让我帮帮你。”试问又有哪个血气方刚的男孩子能忍受自己的英雄情结发挥不出来呢？他们可是想成为宇宙中心的人哪。

可我都已经被冷漠对待二十几年了，又怎么会被轻易回暖呢？

我特别嫉妒那些可以随意挥霍男朋友对她们的好的女生，她们从未缺爱，可以不用把对方的爱当一回事，而我就像个饿汉，得到一丁点驻足我都觉得很满足了。我亦不敢随便发脾气，不敢吵架，不敢行使任何女朋友的权利，连他看到我冷把外套脱给我我都会连忙说一句“阿里嘎多”。生怕自己稍微表现得不好，他就真的不要我了。

也许正因为缺什么所以需要什么，我找的男朋友都是那种从小在很温暖很有爱的环境下长大的男孩子，就是自带“暖男”气质那种吧。他们永远不知道，当我们在外面旅行，他们打电话给家里报平安时，我内心有多么向往。当他们和家里打电话为琐碎的事情争吵时，我多么希望我也能参与其中啊。

我有一个“傻白甜”朋友，是从小被父母捧在手心长大的宝宝，永远都是小公主的样子。她和男朋友打电话时巨嗲，无论发多大的脾气，男朋友都会耐心地哄她。每次看见我都心想：我要是男生，也喜欢这样会撒娇的女生啊。这才是恋爱的感觉吧。她和父母的感情很好，即使隔着几千公里，也能因为“情人节爸爸送妈妈礼物不送她”这些小事撒娇。

也许有人会觉得小公主们都没遭遇过什么风浪，心理承受力很差，很不独立，所以发生点什么事都会崩溃。但是，我反而觉得这样“情绪外露”才是有血有肉，好过麻木到即使心里发生了一场海啸，也觉得无所谓了。

这辈子遇不到什么风浪就遇不到啊，有些事并不一定要体验的。

而且，在她们受伤难过的时候，永远有很多人在身边陪着，难道不是很幸运吗？法律也没有规定说人一定要经历孤独。如果可以选择的话，我也不想活成我现在的样子。

撒娇我这辈子是学不会了，不管是对父母还是情人。我都局促得像个局外人。即使我知道女孩子可以靠这个技能轻易得到更多东西，也显得更讨人喜欢，但我就是做不来。

有些事，真是从小不会就永远不会了。

原谅我也深情不起来，我总觉得爱情是随时可以吹散的东西。

但我也并没有像表面看起来那么酷，我也想有人看到我丰富的内心世界。如果可以选择，我还是希望自己被呵护着长大，被惯出一身公主病，被男朋友像智障那样哄着，脸上永远挂着选美小姐那种“希望世界和平”的温暖笑容。

可是想想也挺好的，人生哪能谁都一样呢。正因为我本人亲身领教过了过于被放养会造成的种种问题，我深知家庭的教育会影响人的待人处事态度。所以以后我有孩子，我会好好呵护他长大。我要给他足够多的爱，要给他足够多的仅供参考的人生建议，让他真诚地相信童话故事，让他四十岁了也能像黄晓明那样牵着妈妈的手撒娇，让他永远不要觉得世界很不安。

有些成长的苦，少部分人在经历就够了。

谁也不要像局外人那样活着。

感谢那时你，牵过我的手

文/少女心001

事情是这样的，我突然想到曾收到过一条特别的短信，我当时记录在了微博里，于是就去自己的微博搜：“短信”。

然后在搜索结果里，我看到了自己曾转发过主持人 Mike D 怀念诺基亚的一条微博，内容是：

这三部诺基亚里面有我满满的回忆和青春！要不是因为今儿的收购，也想不起在抽屉角落的它们。尤其最左边这部，它是我工作第一年用自己的工资买的，因为《黑客帝国》。竟然还可以开机，里面的短信竟然还可以让我脸红。感谢诺基亚，很多人的人生是和你联系在一起的。

于是，我就想写一篇关于诺基亚手机的回忆。毕竟，对于“80后”来说，我们每个人的青春里都会有几部诺基亚。它对于我们，不仅仅是一部手机，而且是陪伴了我们整个青春的一个老朋友。

现在看到它已经退出了历史舞台，就像我们渐行渐远的二十岁一样，心里不免有些伤感。

我的第一部诺基亚手机是 NOKIA2100，八百八十块。那时，我马上要高考了，妈妈说，买是买了，但高中毕业后才可以用！

这款手机后壳可以放一张照片。你们可能觉得不可思议，毕竟现在小学生都用 iPhone 了。可在我们读高中的时候，手机才刚刚流行不久，班里只有很潮的同学才会带手机上学。

比起那时的其他品牌，诺基亚的样子确实不够花哨，基本都是直板的，却深受男生喜爱。我记得我们班一个贪玩的男生，做不出数学题就会用大直板手机敲自己的头。

拿到人生第一部手机的我如获至宝。那种兴奋感，怎么形容呢？仿佛通向新世界的大门被打开了！

因为手机是表哥帮我买的，他教我手机电池要激活，第一次充电要十二小时以上才能拔掉充电器。于是，我就很不情愿地先给手机充电，但时不时地要拿起来摸摸、看看，看看有没有我的短信……现在想想特别好笑。

第一条发出的短信是给同班同学的，我仿佛编辑了半个世纪那么久。短信大意就是，这是我的手机号，保存一下哦，毕业后常联系什么的。十分简单的一条短信，却让我特别有成就感。所以后来我特别理解爸妈第一次独立发出微信消息时的喜悦之情，因为我当初也是那样的！

就是那种笨拙又激动的通关感。

然后我就带着我八百多块的手机开始大学生活了！

大学时我睡上铺，眼看着同宿舍另一个妹子的翻盖手机被迅速摔坏，而我的诺基亚从上铺掉下去无数次了却安然无恙。有一次，手机电池都摔了出来，不过插好以后，丝毫没有任何影响。

班里另一个女孩，一直想让妈妈给她换手机，但是她老妈的要求就是："等你这个手机坏了的时候，我才给你买新的。"为此，她无所不用其极地企图损坏她那部诺基亚手机，但让她失望的是，手机即使从三楼扔下来都不会坏……所以最后她的手机也没换成。

当时我深深被诺基亚这种顽强不屈的精神所打动。我想如果早些年有诺基亚，我爸他们那代人出去茬架，应该不用在书包里放半块砖头了，直接放几部诺基亚手机就好了！

我的性格比较孤僻，大学时是第一次住集体宿舍，我很不适应。晚上九点的时候，同屋的女生约会的约会、上自习的上自习，而我则躲在宿舍的床上，拉上帘子，看八卦杂志或者玩手机。

诺基亚里的经典游戏贪吃蛇，陪伴我度过了无数个没有男友、没有朋友、不想学习的无聊夜晚。

现在看到贪吃蛇的游戏截图，都有落泪的冲动！

除去玩手机里的游戏，哪个大学生的诺基亚手机里没有几条情话短信呢？

在没有智能手机、没有微信的时代，短信是重要的谈情说爱方式。

每到晚上熄灯的时候，寝室的女孩子都回来了，我虽然话少，但也会参与宿舍卧谈会。女孩子们七嘴八舌，谈论着谁收到匿名男同学的求爱短信了，谁要到了院草的手机号码了，等等。

熄灯之后，每个人捧着一部手机，一边噼噼啪啪地打着字，一边和姐妹们八卦短信的内容。宿舍里会不断听到诺基亚嘟嘟的振动提示音，现在回想起来，那种声音好像时光的声音……

我想很多人一谈到诺基亚手机都会有些怅惘，是因为它保存过很多爱情。

暧昧时的短信、表白时的短信、如胶似漆时的短信、吵架时的短信、分手时的最后一条短信，可能全都存在同一部手机里。

我的诺基亚手机也换了几个，开始还会把一些“重要”的短信从一部手机复制到另一部手机。直到开始用智能机的时候，我终于转移不动了。不过也算是断舍离一回。

诺基亚告别历史舞台了是很遗憾，但更遗憾的是，曾以为可以天长地久的感情往往连一款诺基亚手机都没有撑过。

前两年，有个闺密偶尔打开旧手机，还特意拍照发给我看，说你瞧瞧你当时给我发的这是啥。

我看到在她的诺基亚手机里，赫然出现我的一条短信："分享一段话给你哈：'经常会有这样的春天，你待在屋子里无所事事，看着窗子外面的蓝天发呆。鸟一闪而过，去了你永远不知道的地方。——于坚'。"

我不知道当时是不是少女思春了，总之我这个闺密是典型的理科女生，完全不知道我当时要表达什么。而我也完全记不起我发过这样的短信了，两个人争辩一番，最后话题就转变到：唉，我们真是老了啊，都开始变得频繁回忆了。

其实关于诺基亚手机的回忆还有很多。

第一次丢手机的时候，是个特别仗义的姑娘陪我一起在学校草坪上找到的。多年以后，我还会记得那个晚上，她披上一件外套，从她寝室冲出来，主动说要陪我一起找的认真模样。

大学时的男友曾经买过一部韩国某牌子的漂亮手机给我，被我拉着他强行退掉，因为那是他用自己的生活费买的。还记得我握着用了两年的诺基亚说：“我觉得它很好啊，干吗要换，想送我的话，过两年再说！”可没想到只用一年，我们就分手了。

这样琐碎的事情有很多，二十几岁的大半时间里，每天握在手里的、陪伴在身边的都是我的诺基亚手机。

所以当它远去的时候，我心里还是会空落落的。属于它的一个时代过去了，连同我自己的青春也一并带走了。

当年诺基亚手机大手拉小手的开机画面给人留下了很深的印象，那句“Connecting People（以人为本）”也是温暖亲切、实至名归。

虽然有点矫情，但是还是想谢谢诺基亚手机曾给我们这一代人带来的陪伴和温暖，带来的有点喜感的安全感（因为怎么都摔不坏，换手机一般是因为被偷），谢谢诺基亚曾经真的把我和许多人连接在一起。

虽然一些人已经不再联系，但亦可从容说再见，偶尔想起也觉得温暖。这应该是最好的结果了。

因为爱你，
我想变得富有

文/少女心001

这个假期，大忘路编辑部过得挺好的，在异国风情里，一向高冷的排版002都春心萌动，好想好想谈恋爱了！

谈恋爱当然美好咯！但除了彼此相爱以外，恋爱还有个很重要的条件就是：有钱。

这样说听上去肯定会有些刺耳，破坏风花雪月的浪漫气氛。但，这真的是相爱的人要过的一道关。

连岳在回答读者来信时曾说过："爱情是两个强者的风花雪月，而不是两个弱者的苦大仇深。"

这句话我记了好久，后来再回答一些粉丝提问的时候，我总是搬出这句话。不只是因为它在理，而是因为我自己也曾是那个苦大仇深的弱者。

上大学的时候，我有个学长，眉清目秀，品学兼优，只是他的家庭条件比较困难，是需要拿助学金的。我和他关系不错，所以知道一些女孩子喜欢他。有次我问他：“× × 不是很美很温柔吗，你为什么不尝试交往一下？”

学长听了，苦笑了一下，说：“她是很好，但我还不够好。谈恋爱需要钱啊，我能给她什么呢？买个礼物都要从饭费里挤吧。”

当时我不是很理解，我觉得为什么这么现实呢？有爱就够了啊，吃不起好的，就吃食堂；买不起礼物，就写长长的情书；没钱逛街，就在学校林荫路上牵手散步呗。

从此，我再没和学长谈过这个问题。

大学刚毕业，深信爱情饮水饱的我，也谈起了恋爱。

他比我大几岁，长得很好看，和我一样的是，他也没有钱。我当时的工资是一个月三千块，每天早上六点起，从南到北，穿越好几环去机场附近上班。他好像也比我强不了多少。

刚开始交往的时光还是挺美好的，一如所有热恋的情侣一样。有文艺病的我，非常喜欢他骑着单车带我去看夕阳，虽然我不是“姑娘漂亮”。

但是后来交往时间久了，因为没有钱，就会出现很多“贫贱夫妻百事哀”的情况。

比如，我们经常吃小饭馆、大排档，偶尔我会挑一个环境好的西餐厅。他看看菜单，会很无趣地说：“我们换家店吧，这儿不值啊。”一起去逛街，我看中一件衣服，要跑去付款的时候，他就会拦住我说：“去淘宝搜搜，网上绝对便宜。”十分煞风景。还有，朋友们一起结伴出行，他就会建议住小旅店就好了，说：“旅游又不是为了睡酒店的……”

我从来都不是那种让男朋友买包包，吃饭也让对方买单的姑娘，两个人约会时开销差不多的。我的要求很微小，只想在能承受的前提下，我们偶尔能吃点好的，享受一下优雅的环境，出去玩的时候，舒服一点。不要为一点小钱计算半天。

但因为没有钱，两个人就容易在日常消费这种琐事上发生不愉快。

他总说要攒钱以后在“七环”买房子，可我觉得钱不是攒出来的啊，如果攒钱要过得很窝囊，那我才不要攒钱。

后来因为钱的问题，我们又发生了一些摩擦。他家里人也嫌弃我工作的问题，说我们学校毕业的人都月薪过万的，我怎么赚得那么少。当时我知道后，内心满是羞愤，可又不知道怎么才能还击，毕竟，他家人说得对，我穷。

那个时候，我才理解了学长当初说的话。爱情饮水饱，都是热恋中的人给自己的精神鸦片。

后来，我实在无法忍受这样卑微又窝囊的恋爱关系。尽管，他是骑着单车带我去看夕阳，请我吃了好多次麻辣烫的人；尽管他人品不错，但是一想到没钱的辛酸，想到他家人势利小人的嘴脸，我们还是分手了。

钱很重要这件事，越早知道越好。

对女生而言，只有自己经济独立，有比较好的物质基础，才能在选择爱情时更多地遵从内心，不会丢失自我，才会在对方家人面前有更多的底气。这很世俗，但这就是现实。爱情中碰到的势利眼不比其他地方遇到的少。

对男生而言，赚更多的钱，就可以让你增加男生应有的自信和从容。你就不会在女朋友点了一个稍微贵点的菜的时候，喋喋不休半个小时。三分钱难倒英雄汉，挣钱不仅会减少自己尴尬的时刻，也会减少让你爱的人被物欲诱惑的风险。

对所有人而言，爱情始终应该是件锦上添花的事，而“有钱”就是这块锦缎。如果不是含着金汤勺出生的人，在年轻的时候，都会穷一阵子，都难免会被贫穷影响到本该风花雪月的爱情。

重要的是，不要让这段日子持续太久。既然知道穷的可怕，三十块钱的恋爱都谈不动，就要赶紧想办法改变现状。你有想做的事情，就去追求，有很爱的人，就该加倍努力，为你们的未来做准备。

曾经那句“交个女朋友，还是养条狗”的歌词戳中了很多男生的心，但，你有没有想过，谁会愿意和你一辈子躺在那张吱呀吱呀响的床上，只靠情话度过一生呢?

对男生女生来说都一样，不要相信爱情饮水饱的鬼话，那是一阵子，不是一辈子。我们要努力赚更多的钱，用人间烟火温暖我们的爱人，用财务自由反击所有阻挠你们相爱的人。

我不想你
只是嘴上说说

文/排版002

第一次见面的时候，你穿着蓝色的阿迪达斯防晒衣。

昨天见面的时候，你穿着黑色的 T 恤，胸前印的是 NIRVANA（涅槃乐队）的 *Rape Me*。

你每天要用发膏抓好发型才出门，你说这跟你们女孩子化妆一个道理。

你仰泳最多只能游二十米，你的说辞是长时间露出腋毛不雅观。

在我看来你打网球很厉害，哦，是比我厉害，因为我不会。

你不怕热，夏天可以不开空调，但是你怕黑，所以一定要玩手机玩到睡着，你觉得黑暗中手机的光就是圣光。

你坐地铁喜欢观察身边的人，早上跟我感慨道："感觉北京地铁里的年轻人又换一批了，每天早上七点跟我挤 6 号线的人都不一样了。"我说："那是因为跟你同批次的年轻人都老啦。"

你喜欢看徐浩峰的《刀背藏身》，跟我念叨里面的武侠故事，我们总是因为书里的女子“好，我和你睡觉”就张开大腿的情节大起争执。

你喜欢蘸着醋吃鸡蛋，鸡蛋一定不能和辣椒一起炒着吃，吃西瓜一定不吃籽。

你在外卖 App 上订单下得最多的是一家温州菜，因为你是温州人，说要支持老乡的企业。

你说我要是在家煮螺蛳粉吃就要和我绝交，你却爱吃榴莲。

你偶尔下厨，会鼓捣出一桌好吃的菜，你说因为你放了一种叫美好的香料。

你只用吉列的手动剃须刀，拨弄刀片的感觉让你觉得自己是个武士。

你的右耳上有个耳洞的痕迹，你说那是高中时觉得戴骷髅头耳钉很酷打的。

你拍照技术不怎么样，滤镜也用得不好，你说这是活得真实。

你读书时数学从来没考及格过，但是你算数很好，谁欠你钱都会记得清清楚楚，买东西从来不会被坑。

你的歌单里没有一首英文歌，你说年纪大了听不懂歌词的都不听，前面十秒如果没有打动你的歌也都不听。你还振振有词：“我这是在逼这些歌手努力唱歌啊！不要想着应付听众。”

你的微信好友有两百零一个，置顶的群有五个，我在最上面。

你和每个认识的人关系都很好，从来不觉得社交是一种羁绊。你跟刚认识的大爷都能聊到他的儿子婚姻不幸福这种事情上面，所以我意念上认为你这么爱说话有一半是替我说的。

你的腿上很多毛，有几根长到打结，你说那是男人的性感。

认识这么久，你的微博头像从来没有换过，也没有发过一条微博，除了被盗号的时候发过几条代购。

你不玩豆瓣，注册账号还是因为我一开始在上面写文章，你要去挽尊（挽救楼主尊严）。

你聊天时喜欢用“惊讶”这个老年人表情，可是我好讨厌，总是一副大惊小怪的样子。

你游戏里的角色名字都叫“左手摇扇子才有饭右手就输了”，ID这么长的战斗力一般都不会很强。

你抽烟只抽三块钱一包的红梅，你说以后没准要为健康花很多钱的，现在就少花点吧。

你很节俭，一件T恤可以穿三年，上大号时只用两格厕纸，这到底是怎么办到的?

你很爱研究电子设备，但是升级手机的时候不小心把备份资料清空了，你只好自我安慰“也好，免得有什么聊天证据被你抓到”。

你经常失眠，失眠的时候就会狂刷新闻网站，似乎多了解一些世界上的大事小事，就会让你的焦虑缓和一点。

你会随身携带移动硬盘，因为觉得这样自己就是一个有好几个T的重量级的男人，很与众不同很重要哦。这又是什么逻辑?

你特别没有安全感，手机还有百分之五十的电时就要充电，决不允许手机没电到自动关机这种事情发生。

你的电脑桌面很干净，每个文档图片都会归类得清清楚楚。你连垃圾邮件都会仔细查看，因为说不定会产生灵感。

你去电影院只会坐最后一排，你说离得远才比较容易入戏。

你不喜欢坐飞机，你说太快到目的地会让你很慌。撒谎！明明是飞机上不能玩手机让你不安吧。

你订酒店都会要求在拐角处，因为房间通常会比较大。

你写字只用钢笔，因为喜欢笔尖在纸上发出声音的感觉。

你不爱穿衬衫，因为胸肌太大怕太性感。也太不要脸了吧?

你最近常穿的内裤上有一个紧箍咒似的图案，所以只要能变大变小就能当孙悟空咯？好幼稚。

你从来不追星。如果硬要找个精神寄托花钱的话，那就是去看郭德纲的相声。

你买鞋都会买两双，这样注意力就不会只在一双上面，脏了也不会心疼。Excuse me？

你拒绝穿今年流行的小白鞋，你说太娘了。

你很善变，明明约好了去看电影也会分分钟出幺蛾子。

你有点死要面子，明明只能喝三瓶还硬要喝七瓶。

你有点不知天高地厚，总觉得自己能发大财，身上偶尔显露出的浮夸风跟在烧烤档说几个亿投资的没啥区别。

你有点不会察言观色，只会让我生闷气。

你和我聊天时总是套路我，也许只是为了故意气我。

你最近在学吉他，你说要弹《晴天》给我听，可我不是很高兴，因为我不可能出现在这首歌的故事里，你什么意思？你不是应该弹《可爱女人》给我听吗？

你最近在我的影响下也开始关注鹿晗了，一有他的信息就会在微博底下圈我。

你最近胖了，只能换一批大一号的牛仔裤。

你最近觉得压力很大，因为公司从前台到老板都很看好你。但是我没忍心告诉你，那是因为你干得多拿得少罢了。哼哼。

你最近因为家里的事情不是很开心，你觉得人生又一团迷雾了，可希望你知道你存在的本身也能照亮很多人哦。

“你在干吗？”

“想你呀。”

“(惊讶的表情。)”

“睡觉了。”

虽然你有让我讨厌的地方，但对你的喜欢盖过了讨厌。

你的存在转移了我对生活中那些不如意的注意力，当我因为怀疑人生而睡不着的时候，我可以想你一整夜，而不是想那些有的没的。

好想一辈子
都在谈恋爱

文/排版002

我曾经写过一首诗。（姑且不要脸地称作诗吧，毕竟只要回车空行就是诗了对吗！）

相信那条小鱼能从东半球游到西半球
相信夏天集的热可以在冬天供暖
相信所有已撤回的消息都已经被看见
相信所有躺在黑名单里的人都没什么仇

相信风不是因为流氓吹起女生的裙子
相信雨滴不会故意只落在坏人身上
相信天亮了就能修复所有消沉
相信努力就能和爱豆在同一个小区遛狗

相信山的那边河是倒着流的

相信树叶恐高从不飞到天上

相信 D 胸挤挤也能穿进 A 罩杯

相信突然被拔电源没存上的文档会还原

但从不相信爱情

如果要做阅读理解，那么我的中心思想就是要表达我是一个不相信爱情的人。

这跟自己在原生家庭中得不到宠爱，以及自身经历过几段不怎么美好的恋情有关。而我想说说我特别羡慕的一位相信爱情，并且拥有爱情的朋友。

她就是那种空窗期不会超过一个月，很快就能重新喜欢上一个人，投入到另一段新的感情中的很享受爱情的女孩。

在认识不到两年的时间里，我目睹了她的三段爱情。

第一段是刚刚认识的时候，我们第二次聊天，她突然对着手机哭了出来，说她被甩了。当时我很尴尬，毫不知情且不熟，不知作何安慰。

半个月后我小心翼翼地问她出来喝酒吗？失恋的少女。她说没事啦，现在有新的人在追她，还在观察中。

那时候我就知道，她自愈能力超强。

第二段恋情的时候，我们一起去了日本玩。我每天晚上都要被迫听她 Face Time 和男友撒娇，腻歪死了，好想翻白眼。日本这么多好吃的，我才不要吃狗粮咧。

她会摆各种性感的造型拍照片发给男友，威胁他“不准在我不在的时候偷看别的女人”，会满大街给他找喜欢的冰箱贴，会把自己不买化妆品省下来的钱先给男友买手办。

虽然我全程冷漠加嫉妒，但我的感受是：和这样的女生谈恋爱才有意思吧？就在我很看好他们时，她又宣布失恋了。

这时因为比较熟了，她抱着我嘤嘤嘤地哭。

我问：“你这样的女生只要撒娇一下就会和好了吧？”

她答：“我从来都不会这样哦，我骄傲。”

因为见识过她疗情伤的功力，所以这回一点也不担心了。

果然很快她又有了新男朋友。

我真的很羡慕这种心态：难过是真的，但也能很快走出来。这比我失恋的时候总是和前任纠缠不清互相耽误强多了。

第三段恋情，她带新男友和我吃饭。靠，我又被虐了。

她的新男友跟我投诉，他早上夸了一个五六岁的小女孩长得可爱，就被罚跪搓衣板了，因为女朋友说只要是女的一到一百岁都是情敌。

朋友也跟我投诉说，他们最近一次出去玩，他给她拍的照片太丑，她都哭了，她觉得他没有在为成为一位优秀的男友而努力。

虽然两个人在互相攻击对方，但真的很甜蜜。这明明是在变相地秀恩爱嘛。

很多人都说，现在谈恋爱都不敢在社交网络秀了，因为分手的时候还要删掉很麻烦。可是她从来不，因为她觉得都是她经历的一部分，删掉了就不是完整的自己了。

很多人也都觉得自己好像爱过一个人之后，就再也没办法爱第二个了，反而觉得自己专情长情很可贵。

但是我反而觉得即使遍体鳞伤还是能毫无保留地爱一个人，才是很了不起好吗。

我问她：“你为什么这么喜欢谈恋爱呀？”

她答：“因为一个人很无聊啊。而且自己的事情可以马马虎虎，两个人的事就会更用心对待哦。”

我觉得她很幸运，总是能遇到互相喜欢的人。而且在爱情里能学到很多，有个人和你一起成长，有何不可。

我这个朋友，情商超高的，非常懂得照顾每个人的情绪，相处起来只会让人觉得舒心。

因为在谈恋爱的时候，她已经学会了“他觉得女生太爱攀比不好，我要偷偷改掉”的用心。

“哎呀，他晚回我信息肯定是因为忙”的宽容。

“即使在一起了，他还是可以正常和异性交朋友”的大方。

“他那么累了今晚就来一发就好了”的体贴。

拥有了“我要为了未来攒好多好多钱”的赚钱能力。

“即使他马上离开我，我也能活下去”的生存能力。

“即使他家人朋友再和我不同我也要好好相处”的社交能力。

“没关系啊，还有很多人等着我去爱”的治愈能力。

她已经从爱情中修炼成很厉害的人了哎！这样想的话，活到老谈到老也是可以的啊。

到底怎样才能做到这么相信爱情呢？只要恋爱就会受伤吧，到底是怎么做到不记仇的呢？

正因为做不到这样，所以对这些人的人生充满好奇。日剧《倒数第二次恋爱》也许能给我一点答案，里面讲的是四十几岁的女主还在像少女一样谈恋爱，很喜欢她那句话：“早就习惯受伤了，一直都消沉的话，一生都要消沉下去了啊。”

我想也许是因为她热爱生活，一直积极向上往前看，所以才能做到想爱就爱吧。

我觉得应该庆幸的是，我们现在大多都处在一个胶原蛋白最多的年纪，是有很多体力谈恋爱的。需要做的其实是心理工作。只要不封闭自己的内心，只要不排斥，哪有人想要孤身一人啊。

要是一直因为一些不好的影响而导致这辈子都没办法和优秀的男生谈恋爱，那不是太亏了。

不是说嘛，只要遇到了对的人，爱的能力就会回来了，根本就不用学。

与其羡慕别人，不如自己也努力努力吧。

我们应该变成恋人想要的样子吗？

文/保安007

下班坐地铁回家，地铁卡没钱了，去服务站充值。充值完在窗口前等着拿回卡和发票，我习惯性地往右边让了一下，表示我充值完了，后面排队的人可以上前一步尽快给地铁卡充值。

旁边的少女心一改往常“不黑我不舒服星人”的形象，像个老兵对新兵的样子轻轻拍拍我的肩膀说：“像你这么局气（北京话，用在这里表达了形容仪表风度好的思想感情）的人现在不多了。”而这个看上去很美好的习惯，却是一位给我带来不美好回忆的姑娘教我的。

大概是因为那个时候的我们都不够成熟，喜欢一个人就会很轻易地把自己弄丢了，想方设法地变成对方喜欢的样子。

那么，我们到底应不应该变成恋人想要的样子？

几年前我参加一场婚礼，现场的人大概都是和我一样临时被人从外地拽过来，都怀着“好好的一个人怎么说结婚就结婚了”的心态，所以都行色匆忙。

婚礼大厅的内侧门性格比较倔强，不喜欢一直保持固定开着的状态，每一个要进到大厅的人都要手动拉开那扇门。门被不停地拉拉扯扯，可是没有一个人记得给后面的人随手挡一下门。当然，作为一个新时代的四坏青年（好吃懒做没理想；收入不高月月光；冷嘲热讽敲键盘；混吃等死每天都一个样），我也没有。

我帮着朋友当苦力搬喜酒，进门时身前一身白色呢子大衣的姑娘拉开门，身子向前探了一步，右手又向后一伸，拦住了即将关闭的玻璃门，回头对我莞尔一笑。这一笑，笑得我身体里的荷尔蒙咕噜咕噜地冒泡沸腾，立刻挺直腰板恨不得胸前衬衣的第一颗扣子能被我立马撑开！

婚礼结束后，亲朋好友们纷纷离场，而我却一直向新郎打听那位姑娘。

朋友问我：“一笑就把你笑成这样了，图啥啊？是年轻，还是好看啊？！”

我说：“都不是，因为她给我留门了！”

朋友拍了一下我的后脑勺："你丫看电影看多了吧！"

后来知道了她是新娘那边的朋友，接着在人头攒动中我看到了那位替我挡门的天使，手臂正挽着一个比我更英俊潇洒的野男人……

我结束了这场旷日持久的两小时的爱情。但是这个给身后人留门的动作，却成了我以后每次都会留心的习惯。

我们在喜欢的人面前，会喜欢上对方所喜欢的颜色；

与对方迷恋同一种食物，喜爱听对方喜爱的歌曲；

不知不觉和对方保持同一种穿衣风格，就连语气与手势都如此相像……

可是，最终你会发现，你不是为了要变成对方的模样，而是努力成为更好的自己，让自己更配得上对方。

我住在北五环时，楼下有一对老夫妻，七十多岁，伉俪情深，平时喜欢穿相同颜色的衣服出门散步，有时大红色，有时天蓝色，但无论穿什么样的款式，颜色一定是相近的。他们都喜欢吃糯米食物，喜欢听沪剧，看电视从不争抢遥控器，因为都比较钟情外国电影。就连最喜欢的运动方式都一样：慢跑。

有一次，他们参加社区公园的夕阳红活动，主持人分别问夫妻俩："如果小别，最担心对方什么？"

夫妻俩的回答几乎一样——

老先生说：“就担心她懒，图省事，一个人在家不好好吃饭。”

老太太说：“担心啥？担心他在家不好好吃饭瞎凑合呗。”

真是曾经沧海难为水，睡了几百年也不后悔啊。

因为他就是你理想中的自己的样子。他完成了你没有完成的，他拥有你不曾拥有的。

他让你爱慕，让你神魂颠倒，让你胆怯，害怕自己不能和他匹配。努力地改变自己，拼命地从他身上学习好的习惯，而这些都是为了让自己变成更好的自己……

我想和你发生更深的关系

文/排版002

我爱你时才想和你亲密。

我不爱你时你怎样都跟我没关系。

前几日在喝酒，朋友们纷纷拿出手机里的照片介绍新的暧昧对象，对彼此的进展做了详细报告，并互相出谋划策要如何把对方拿下。而我无法参与到其中，我好难过啊，因为我现在连个目标都没有。别人是书荒、歌荒，我是人荒，连个幻想的对象都没有。

所以我特别怀念以前心里装着个人的日子。

一直都觉得，谈恋爱最美好的阶段，就是一开始两个人互相揣度对方心意的时候。

他用我发给他的表情包。

他喜欢我！

明明才晚上八点他就跟我说晚安。

他不喜欢我！

他注意到我今天穿了新裙子。

他喜欢我！

我发了三大段信息他只回了一个“哦”。

他不喜欢我！

他看到好玩的会发截图给我。

他喜欢我！

我发朋友圈说不开心他都没有来安慰我。

他不喜欢我！

他对我的备注是“幼稚的污女”。

他喜欢我！！

每天的心情都像坐过山车一样，一会儿上天一会儿坠地，但始终像被一根绳子拉扯着，每天都能拉近一点。

如果他主动找我了说想我，我就会放大一万倍的开心，就算在玩斗地主也能停下来陪他，一点也不在乎被托管时输掉欢乐豆。

如果他说他哪儿哪儿哪儿不舒服，我就会马上百度搜索靠谱的恢复方法，发一大堆截图给他，一点也不心疼流量。

如果他的微博底下很多小×子评论他却只回复我，我就有一种

“我是女主人”的成就感，一边翻她们的相册一边觉得自己“超美的”。

把他的微信聊天置顶，输入法默认他的名字，搜索“晚安”有一千多条相关信息，微博相关“艾特”全是他。

收藏聊天截图，反复背他的电话，密码偷偷改成他生日。

淘宝相关推荐里都是各种男装，每一分钟检查一次手机信息，手机天气预报里有他出差过的城市。

如果朋友圈有最近来访功能，最新的访客肯定永远是我。

把桌子上的口红全都试了一遍，把柜子里的衣服熨好叠好，把房间里的旧物抖落灰尘。

全程想他。

我可以肆无忌惮地骚扰他：“我准备要心情不好了，能不能给我讲个笑话？”（内心 OS：你看，不管发生什么事我都第一个想起你哎。）

我可以满怀期待地试探他：“今晚要不要来我家坐坐？”（内心 OS：我穿了成套内衣在等你哦！）

我可以装白痴靠近他：“苹果系统又要升级了，好难啊，你能来帮我更新一下吗？”（内心 OS：我真是没你不行啊。）

这世界发生了什么大事与我无关，只有他的每一件小事与我有关。

想来有一个喜欢的人真的好，可以有这么多事情做。不然我每天的生活应该会很无聊吧，只能刷手机，把积攒的公众号小红点点完后，把微博的热门刷完后，把豆瓣的广播评论完一遍后，无所事事发呆到天明。

就像猎人有了自己的猎物一样，去深山老林里蹲点不再孤苦沉闷空手而归。最起码练了那么久的枪法也能施展一下嘛。

当然我所有的这些看似无聊的问候、不要脸的调情、幼稚的小心机、反反复复的情绪，都是因为我喜欢他。

那天听到有人说，出去玩和喜欢的人在同一间房，他表示尊重我，我能感觉到他有生理需求但强忍着。我都快气死了，就算他能克制，你也能吗？你不应该是分分钟要扑倒他吗？为什么要浪费机会啊！

所以我不觉得喜欢一个人苦，反而会感激他能走进我心中。这世界上有那么多颗心，他偏偏在我这里停留，让我不至于当一个连心事都没有的单身龟，已经是一件很难得的事。我才不要心里空荡荡的，看到感人的恋爱剧情都没人对号入座呢！

为了让他喜欢我，我也做了很多努力。

只要和他在一起，就会把圆鼓鼓的肚子缩起来，实在忍不住就借口上厕所解开裤腰带，让肚子上的肉倾泻开来。

为了和他一起吃饭吃得尽兴，撑到不行还往肚子里塞肉，晚上回家就去健身房一小时把吃下的卡路里吐出来。

为了和他有共同的话题，我恶补了他喜欢的曼联，还有欧冠、西甲、意甲、英超的球星什么的，比高考还认真。只为了能让他在我面前变成话痨。

一切都是处心积虑的漫不经心。

当然我也知道这样的时光虽好，但绝不能贪恋，没完没了的暧昧终究让人失去深情的勇气。

我深信成年人的恋爱不会花太多时间在彼此试探上。

如果他也恰巧喜欢我，他肯定会很快向我表白，等到那天，我就可以偷笑着对他说："实不相瞒，我想跟你发生更亲密的关系很久啦！"

如果他不喜欢我，我也会找一个合适的时机向他坦白的："实不相瞒，我想跟你发生更亲密的关系很久啦，但这个念头已经过期啦！"

隔着一层窗户纸虽美，但总需要有捅破的那天啊。

后记：

这篇文章推送到公众号之后，有一个饭局，朋友带了她的朋友来。对方一看到我就激动地说，她看了我这篇推送后立刻和喜欢的男生表白了，现在在一起了，她想当面谢谢我。

当然，我也有收到留言说，发了这篇文章给喜欢的男生后被拒绝了，对方没好气地回复“想不到你竟是这样的人”。

其实这些都跟文章的内容无关，只是激发了你们内心深处的东西，让你们多了一秒的勇气来赋予行动力。

怎么说呢，表白就是这样的结局吧：要么被拒绝，要么被接受。

反正各有百分之五十的概率，为什么不搏一搏呢？

“想见的人去见，

想追的人去追，

想牵手的人，就去试着牵手。”

Chapter 4

你的爱情像盐 还是糖

大忘路

你的爱情像盐
还是糖

文/少女心001

“我没吃过糖，我以为盐就是糖。”

——《他有两把左轮手枪和黑白相间的眼睛》

这周我去看了孟京辉导演的新戏。因为看话剧的动机不纯，全程只顾看帅哥，所以注意力自然有些不集中。

但是，当听到这句台词的时候，我好像突然被击中了似的。

我迅速回想了一下过去的种种，发现我把盐当成糖的这种误会还挺多的。因为没被关爱过，所以别人稍微对我露出些关切，我就觉得那是爱。

大学时期我交往过一个男孩，他对我其实很一般，有时还很自私，但是我一直不舍得和他分手，总找借口安慰自己……朋友们很不理解，总问我除了长相，到底看上他哪一点了？（颜狗不值得被同情。）我当时有点辛酸地说，因为在我身体最不好、最难过的时候，只有他安慰过我。

刚上大一的时候，我总是整夜整夜地失眠，精神快要崩溃了。其实那时候才十八岁，班里其他同学都精力充沛、爱玩爱闹，只有我郁郁寡欢，形同枯木。

我那时候非常不开心，班里也没有人搭理我，可能同学们都觉得我性格很古怪，又不爱笑吧。谁会愿意接近一个总是眉头紧锁的人……

直到有一天，我和一个男生做英语小组作业，编完对话以后，我头很痛，就趴在桌子上了，然后他突然摸了摸我的头说："休息一下吧，我知道你很辛苦，失眠的痛苦一般人不能理解。"我慌忙抬起头，眼神空洞地望着他，看到他正温和地对我笑着。那一刻，我觉得我站在了他投射出来的阳光里。

只是一个摸头杀、一句安慰的话，就让我觉得甘之如饴。因为在这之前，没有人问过我的感受，我受到的都是粗暴的对待，无论是家人，还是医生，都怪我自己胡思乱想，从没有人给我一句安慰。想想我还是够可怜的。

我没吃过糖呀，所以给我一点点的甜，我就不知所措了。他只对我关心了一点点，我就以为他爱我。当然日后的种种，证明他还是更爱他自己的，以及关心与同情并不是爱。这些是当我感受到什么是真的关怀与爱以后，才后知后觉悟出来的。

没被爱过，所以很难判断什么是爱，甚至会怀疑爱的存在。我们很难去相信自己经验范围之外的事情。因为没有亲身经历过，所以即使是很美好的事，也不敢去相信。

这也是我看电影《狼少年》之后的感受。

其实我最近是因为宋仲基才看的这部电影，影片很长，两个小时，看的时候我真是泪流成河了。问了下身边的女性朋友，不管平时多么强势的女孩，几乎都是哭着看完的。

女生为什么会被感动呢？

除去宋仲基天然呆萌乖巧的外表，我觉得是因为狼少年太纯粹，他做到了人很难做到的信守承诺和从一而终。

他对待女主角的那种坚定和唯一，是很多人穷尽一生无法感受到的。然而这种“忠贞”在人类社会里，得到的却是爱人的遗忘和背叛。

对于他，爱人是一生唯一的，从不会因为时间改变一丝一毫，即使女主角已经变成了老奶奶的模样，在他眼里还是美如当初的少女。

我看影评里很多人都说，女主角是看过的影片里最想打死的女主角。因为她太狠心了，答应狼少年会回来，却彻底食言，四十七年都没再回来过。

就像她台词里说的：“我这些年都干了些什么啊，吃了想吃的，喝了想喝的，和别的男人见面结婚生子。”

对啊，你说过你会回来的，结果你却忘记承诺，给别的男人生了孩子，让狼少年一个人在空房子里孤独地等了四十七年！

一开始我也恨女主角，可仔细一想，她不过是用正常人的想法来看待这件事的。她以为狼少年不会再回到那个家，不会听她的话学习、写字、看书，不会修好她的吉他，更不会日复一日地痴痴等着她回来。

如果狼少年是普通人类，那些事他怎么可能做到呢？

毕竟在我们的经验范围里，信守承诺和从一而终是太稀有的东西。

可能人性中本来就包括了谎言、自私、反悔、喜新厌旧，等等，所以会让我们觉得等待四十七年是完全不可能也不人道的事情。

就像听到太美好的爱情故事，我的第一反应就是这是编的吧，看到太完美的情侣，我总会觉得有点做戏般可疑。

听到的谎言太多了，再也不想相信承诺。

所以看到傻傻守护承诺的狼少年，被人类爱人一次又一次地抛弃，会心痛到大哭。

感觉是目睹了一场人性的丑陋。

虽然难免恨着女主角，但又羡慕她到极点。因为作为普通人，我能经历的爱情或许就像网络上的那句话：“他可能是真的喜欢你，但这一点也不妨碍他喜欢别人，其实最遗憾的是从来都没有感受过那种被人坚定选择的感觉。就像是，他只是刚好需要，你只是刚好在。”

我从来没有感受过那种被人坚定选择的感觉，不知道有多少人幸运地感受过。在爱情面前，我怕我会衰老，我畏惧时间，我不相信有人会等我很久，我不相信我会是谁的唯一。狼少年那般的忠贞，对平凡的我而言，就像是一个永远无法企及的梦。

正如女主角曾绘声绘色地答应要和他一起把雪人堆起来，一年又一年，却始终没有实现，当年老的她再次离开时，堆雪人的还是只有孤单的狼少年。

有一种糖，我想很多人恐怕一辈子都没有尝过，那就是唯一。

请给我好一点的情人

文/少女心001

我的好朋友慧慧昨天很不开心，因为她的朋友介绍给她的相亲对象很丑。她觉得受到了一万点伤害，因为她给自己的定位本来是朝阳区林志玲，结果看了她朋友介绍给她的男人，她发觉自己在朋友心目中连朝阳区如花都不如！

“我以为她是因为我好看才和我做闺密的，谁知道她却给我贴的是丑八怪的标签！”慧慧在电话里痛心疾首地说。

悲伤中的女生总是很能吃，于是她约上我和排版002去三里屯吃饭发泄。三个女人坐下来以后，她就开始吐槽了：“看，就是这个男的，和我做同事我都不想和他说话，她居然介绍给我当男朋友！”我和排版002随即传阅了下那位男士的照片，确实，那样的颜值，让我亲他一下给一百万，我都亲不下去的……除非一个亿现金砸在我面前，我才勉强一咬牙一跺脚闭着眼亲个一秒钟吧。

慧慧说："你能明白吗？从相亲对象能看出你在介绍人心中的位置，我这次是彻底了解自己在她们眼中是什么货色了，什么歪瓜裂枣都往我这儿扔，这次我一定要翻脸的！"我说："我理解啊，因为我也被扔过很多歪瓜裂枣，感觉在介绍人眼里自己就是清仓大甩卖的商品，是个人掏出一把毛票来就能把我买走。"

我姑姑曾经给我介绍过一个很丑的男孩，她的原话是："对方的家庭条件挺好的，人也挺精神的，老实，是过日子的人。"从那次以后，我就对"挺精神的"这个修辞异常敏感，再也不相信它的字面含义了。一般如果你听到介绍人说对方挺精神的，你就要开启警报了，对方很可能是个你一点眼缘都没有的丑八怪！男生帅就是帅，说他挺精神的，基本就跟说女孩"挺可爱的"一样，都属于没别的词可以描述了！

这几年不得已见过好几个"挺精神"的小伙子了，你会发现介绍人能把社会上所有奇形怪状的人给你集合过来，以至于会严重怀疑自己是不是很差劲？我应该也在对应的奇怪女青年的集合里吧！

说到这儿，一向高冷的排版 002 也忍不住了！虽然她总说自己没朋友，但还是没有免于被介绍丑八怪的命运。她说以前上大学的时候，有个很好的闺密介绍一个老乡给她，她出于礼貌去见了。当时在餐厅里看到那个长得像冬瓜一样的男生穿着假户外冲锋衣，把背包耷拉到双臂中间，就想立刻关机装作不认识那个人！后来她才知道，那个男孩曾追过她的闺密，闺密看不上，才把他介绍给了排版002。就像自己看不上的玩具嫌碍事要赶紧转送其他人一样。很多人自己看不上的、甩不掉的，就想处理给朋友做接盘，还觉得自己很为别人考虑。其实不过是想让自己眼中的低配置和低配置合并同类项而已。

看到朋友的遭遇，我那些不愉快的相亲经历都浮现了出来。以前我爸就会数落我说："你是普通人，你还想找什么样的！也不看看你自己……"说实话，我特别讨厌这样的话！我是普通人，我知道我在普通人中间配置我的爱情可能性最大。可是，我就没资格喜欢帅哥吗？我就不能迷恋肤若凝脂、八块腹肌的小鲜肉吗？我就只能搂着冬瓜一样的男人过一辈子吗？！

我知道很多人会觉得我肤浅以及不识抬举，可我就是喜欢长得好看的。既然长得丑的和长得帅的都有可能出轨，那我干吗不找个帅点的？我愿意承担这种颜控带来的所有风险！我有什么错吗？

长辈们介绍对象的时候，经常说对方是"踏实过日子的那种人"，可我再清楚不过"那种人"是哪种人了。大部分他们眼中能过日子的人都是相貌低于平均水平的、无趣的、生活乏味的。

可我不想和那种人在一起。

于是在他们眼里我就成了不知好歹、好高骛远、白日做梦的人。遇到气急败坏的，就会放句狠话给我："那你就继续挑吧！"有一种倒要看看一瓶快过期的凤梨罐头会卖给谁的既视感。

好在我一直不太在乎别人的眼光。努力赚钱，经济独立，努力做个有趣的人。你会发现，当你强大了，遇到有趣又帅的人概率并不是那么低的。后来，我还是谈了帅气的男朋友。所以我对朋友说，你喜欢什么就去追求什么，千万别清仓甩卖自己，一定要找那个你愿意主动去亲吻的人。哪怕他帅得闪瞎你的眼，也可以试一试，万一瞎的是他呢？

和朋友慧慧以及排版002吃完饭后，我赶紧给男朋友回了条微信，说了一些矫情的话。他一头雾水地问我："怎么了？"我说："没什么，就是突然觉得遇见你，真的很好。"

缘分也有苦尽甘来。我也感谢我自己没有随便将就。

而等待缘分的过程，就像一场心理的博弈，你不知道真爱就在下一个路口，还是要过很久才会到来。

这时候，你只有努力让自己变得更好，并诚实地面对自己，不要轻易认输。

别向年龄和舆论妥协，把别人带着善意或者非善意扔来的歪瓜裂枣通通扔回去，去勇敢追求你真正喜欢的人和事吧！

我不想在你身上浪费时间了

文/排版002

敲下这几个字的时候，我拉黑了男朋友。

因为我突然开窍了。

我今年二十几岁，这是我一生中最好的状态。

喝红酒能喝五百毫升；

去 KTV 能唱通宵；

吃自助餐能扶着墙出来；

朋友圈能一口气刷一百条；

发量多得能当帽子遮太阳；

穿高跟鞋能追几站公交车；

错过末班车能走路回家。

我这么有干劲儿，为什么不把精力花在建设自己的人生上呢？

我为什么要在他身上浪费时间呢？

谈恋爱的时候，人总能不羞愧地失去上进心，只要在一起就胜于拿季度奖金。

我总觉得自己乐于挥霍和他在一起的时间，哪怕什么也不干就待在房间里互相敲键盘，也觉得很幸福。

周末的时候，哪怕手头有再急的活儿我也可以先缓到一边，一大早去超市买新鲜的食材，在厨房倒腾半天煮一顿饭等他过来找我，再花上大半个晚上的时间看他打游戏。等他走了之后再急急忙忙地熬夜把活儿干完。

确实啊，二十几岁的我，有的是精力啊，为爱情花点心思算什么呢？

可是，这也是会计较得失的年纪，如果我的付出总是换来不等价的回报，抱歉我做不到一如既往地对他，我的心没那么大。

特别是触到我的底线之后。

我是一个很怕自己不重要的人，偏偏我在他的人生排序里永远是最后一位。工作啊朋友啊家人啊兴趣爱好啊永远比我重要。

举个简单的例子吧。我问 9 月 30 号能陪我去看周杰伦演唱会吗？他会回答，那天要去同事家喝酒。（这么寻常普通的喝酒的日子都记得，连我生日都不记得，骗谁呢？）

热恋的时候我们约好了出国玩，我请了年假，办了签证，买了机票订了酒店。结果他说，他大学好几个哥们儿突然要那几天来聚一聚，没办法请假了，对不起哦。（但是我年假都请了，只能自己去完成这一趟旅行，有什么事不能回来再聚？）

在外面一切人际关系都处理得很好，和同事相敬如宾连两块钱地铁的人情都不轻易欠，和朋友掏心掏肺绝不干代购这种伤害友情的事情，就是不把我当一回事。

好生气对不对。

我在意的是，不管什么时候，我永远不是在被考虑的第一位。

这种让人心寒的事情发生多了，真的想一脚把他踹开：× 的！你以为你是谁！

我又不是圣母，怎么能干一直让自己吃亏的事情呢！而且，我真的觉得我的身心都被干扰 ，我没办法安心下来追求我的事业。我开始停滞了。也许是我没能力理性地对待爱情，反正这段爱情带来的痛苦多过于快乐了。

但是女孩子就是很容易心软。

心里骂了一万次，没过一会儿就觉得他做什么都可以原谅，毕竟他可是在我生无可恋的时候一把拉过我温柔地摸过我头的人呢。

我身边有太多和我一样的女生了。

每个人受过的委屈都能够好几个吐槽账号当一年素材了，但就是不分开。就是觉得感情还能拯救一下下吧，怕下一个更渣。

被耽误的时间怎么说呢？如果拿来好好护肤写试用报告，估计都能当好几轮美妆博主了。

但当事人又怎么会知道自己正在失去些什么呢？还尚在为“他刚改的签名和我有关，他还是很爱我的”这种没出息的事而喜上眉梢呢。

倒不如先看看那些心硬的女孩子的命运如何？

凡是我见过的，分手后去追求自己生活的，没有哪个是举步不前的，而且经过各种波澜的洗礼，越发有魅力。不拘泥于这种不让人省心的恋爱，整个人生都更明媚了好吗。有这工夫，去和好姐妹喝个下午茶聊八卦都能收获一堆乐趣啊。

而那些始终不分手的拖拖拉拉的，除了脸上更具怨妇气质，毫无吸引力可言。比如我。

朋友的一句话很刺激我：我真的认为二十几岁的时候我什么都没有，我为什么还要让爱情拖自己后腿啊。把时间浪费在男人这种投资回报比低的生物上，我还不如好好工作赚钱呢，起码报酬会丰硕，不会白努力。

醍醐灌顶啊。

我为什么要在一个不能让我更好地与世界作战的男人身上浪费

时间呢？

当我下定这个决心后，我觉得很痛快，我内心在呐喊：老子终于不跟自己过不去了！

但我知道我会度过一段痛苦的日子。毕竟深爱这么久。

我爱的日本导演是枝裕和在散文集《有如走路的速度》里有一篇是说“服丧期的痛”，虽然主题说的是死亡，但我觉得跟爱情同理，毕竟爱也会死。他讲了一个让人很难过的小故事，大概是说小学生在养奶牛，挤牛奶喝。后来奶牛生了宝宝，但是有一天奶牛的宝宝死了，小学生们都很伤心难过都在哭，可是依然继续去挤奶牛的奶，并且觉得很好喝。

大概人生就是这样，虽然离开他暂时会很难过，但万事都要向前看呀！

我可以选择很多事，却无法选择你

文/少女心001

晚上十一点，某个酒吧里，有个朋友刚下班赶来，有个朋友刚喝完一杯，兴致正浓，脸颊泛着红晕，非要和我分享她的新恋情。

而我，却忍不住一遍遍地看着手表，坐立不安起来。

手机稍微一振动，我就会紧张一下。朋友摇着我的胳膊问我下一杯要点什么，我抓起大衣，面露难色地说："不好意思，我要回家了，太晚了。"朋友们一脸搞什么的表情："今天是周五哎，我刚坐下没多久，你告诉我你要走？""你是不是要去过性生活了？！""哈哈哈别拦着她，她是妈宝女！"

大家七嘴八舌地揶揄我，我窘迫地笑着，不知道到底该解释什么。对，我需要在十二点前回家，不然我爸爸会发火。尽管我已经三十岁了。

通常我刚走出酒吧，十一点过一些的时候，我爸爸的夺命追魂call就会打过来，不分青红皂白就是一顿骂。他几次三番告诫过我，我们不是那种家庭，不可能让我在外面随便疯，不管我。

在他看来，看演出、晚归、和朋友去酒吧喝一杯都算作不良嗜好，都是充满危险性的，“正经”人家的小孩是不会这样做的。尽管我三番五次地纠正他，我的抬头纹都快有了，请不要叫我小孩。

不夸张地说，我的整个青春期都耗费在和我爸斗争“几点回家”上面了。我已经回想不起吵过多少次了，无非是放学后在学校耽误了一会儿，到家他就是劈头盖脸的一顿骂。我的耻辱感和叛逆都是从那时候积累的。

耻辱感在于，我从来没有安心享受过在外面社交的时光。只要天色一暗下来，我的焦虑就像生物钟一样席卷而来，“我爸会不会又着急了？”“他会不会又打电话骂我？”“如果骂我，我该和他吵，还是保持沉默？”我为这样思前想后的自己而感到羞耻。

上周不是见了那个主唱的朋友吗？晚上他送我回去的路上，我一直祈祷我爸可别在小区门口等我，那样我会好丢人的。同时，我巨诚恳地问了他一个问题：“你妈现在还会管你几点回家吗？”他听了以后，那一脸蒙圈的表情现在还浮现在我眼前。

这种尴尬，我的朋友们都很难理解，因为他们大部分人从小学起就自己坐地铁上下学了。我还记得初一的时候，我一同学让我放学陪她去海淀买张 CD，我惊讶到不行。那个时候，从西城区到海淀区，对我而言，就是一次远途旅行。

而我最快乐的日子，就是四年的大学时光。当时我爸爸说我报哪儿都无所谓，只有一个条件，不能离开北京。于是我在分数范围内，报了一个离家最远的北京的大学。那时候我天天都住校，享受着被恩赐的自由。我听摇滚音乐，看乐队现场，学习滑板和吉他也是从大学才开始的。

那是我第一次感到人生被打开了。

那些在 MAO live house 的青春，在南锣鼓巷溜达一整夜的经历也只能发生在大学住校期间。后来我听郑钧的访谈，听到老郑说被哥哥管教得受不了，愤恨地选了一所离家最远的大学，我真是特能理解那感觉。

其实你说我想要什么？我什么都不想要。如果不被限制回家的时间，我想我可能晚上八点就因为犯困而滚回家了。我只是讨厌那种被限制、缺少自由的感觉。我是有分寸的人，看了那么多年现场我通常只喝汽水。我还能做什么离经叛道的事！

我只是讨厌那种不被尊重的束缚。

可我对父亲能怎样记恨呢？他快四十岁才有了我这个女儿，他的人生经验导致他对社会的认识是充满危机感的。他有太多不快乐的过去。有时候，我想也许通过这种管教我的方式能让他更有存在感，能某种程度转嫁他的焦虑吧。

除了神经质地管教我以外，爸爸对周围人充满和善、热情。因为观察父亲，所以从小我就明白人性的复杂，世界不是非黑即白的，大多数人都是不好不坏的人。所以我对父亲谈不上恨，我只是十分遗憾，他的缺点正是给我带来情感伤害的部分。

我曾经很羡慕同学的爸妈，我以为只有我的爸爸是个焦虑的控制狂。

我以为别人不会像我有父母带来的深刻阴影。后来我发现我错了。

我最羡慕的一个好朋友，她父亲是大学教授，早年去美国留学过，思想特别开明。我觉得他们父女的相处模式特别平等。

大一的时候，我骗爸爸说周六要在学校补课，其实是和好朋友去老愚公移山看演出。那晚，同学的爸爸顺路开车送我们去，到了酒吧门口，叔叔对我朋友说："Have fun，好好玩。"与此同时，我收到了我爸的短信："补完课早点回宿舍！别在外面晃悠！"一对比，我看演出的好心情当时就没了。

后来和我朋友聊起这些，她说，其实她爸爸也不是看起来的那么完美。

在她小的时候，她爸爸总是不让她哭，她一哭，她父亲就会很严厉地命令她："不许哭！"他会因为女儿流眼泪而恼羞成怒。从那时候起，我的朋友很长一段时间，哭都带着恐惧，不敢哭，想哭就憋回去。她说这种委屈，积压在心底好久，成年后居然有一次，在和一个心理咨询师聊天时，忍不住爆发了，结结实实地哭了一场。

现在她已经是孩子的妈妈了。聊起育儿经，她和我说，希望孩子无拘无束地长大，想笑就笑，想哭就哭，她在我这儿永远可以随心所欲。等长大了，喜欢谁我就会鼓励她去追，不用压抑自己的情感。

我突然很感动，不知怎么的，突然下意识地说了一句：“我好想做你的女儿啊。”

我们总是以为长大了，有力量了，就可以磨平成长过程中父母加在我们身上的烙印，其实慢慢才会发现，那种影响，基本是一生都磨灭不掉的。更可怕的是，仿佛是基因作祟，你甚至会变成你厌恶的父母的模样。

我有两个朋友，他们都是那一代极度男权家庭里长大的孩子，他们自己都和我承认过心理有些扭曲。

一个是小时候目睹了很多次父亲实施家暴的男生，他对童年最多的记忆就是自己哭着跑向邻居求助，不要让爸爸再打妈妈了。他非常恨他的父亲，结果没想到的是，他结婚后居然变成了和他父亲一样打老婆的人，后来他离了婚，意识到这种可怕的复制之后，他开始经常酗酒。

还有一个是父亲从他小时候开始就一分钱家用都不交，不仅不工作，从老婆手里抢钱，还风流成性，频繁出轨。他说他一直想摆

我躺在沙发上，枕着你的腿看电视，不知道什么时候睡着了，等我睡醒的时候发现你就这样坐着看书，电视声音也不知道什么时候被你静音了。

我躺在沙发上，枕着你的腿看电视，不知道什么时候睡着了，

等我睡醒的时候发现你就这样坐着看书，

电视声音也不知道什么时候被你静音了。

“不要忘记你曾是怎样的一个小孩，不要忘记你曾希望变成怎样的大人。”

“不要忘记你曾是怎样的一个小孩，

不要忘记你曾希望变成怎样的大人。”

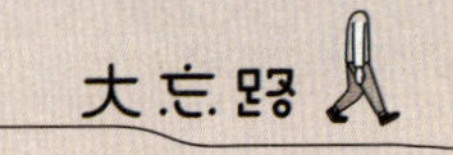

脱家庭的阴影，可是我看到的却是一直不快乐的他。

他最近的一次分手，还是因为劈腿，这是第 N 次劈腿了。我问他，你是有那种无法克制的劈腿瘾吗？他说不知道，就是觉得没有安全感。他讨厌母亲的委曲求全，讨厌父亲的无赖，也讨厌自己的样子。他就是想得到很多人的关注，就是无法安心于稳定的关系。

虽然我不是十分理解他们两个人，就像他们不明白为什么“几点回家”这件事会给我带来那么大的心理伤害一样。但我相信，除了自己的问题，童年生活的阴影确实会成为一生的心魔，像一条甩不掉的狗，会一直跟随着你。

其实我身边还有很多很多的例子，有的会让我很心疼，如果他能生在一个温暖健康的家庭，今天的路会不会很不同？但我知道，人生是没有如果的。

我可以选择很多事，但我不能选择我的父母。而且，冷酷一点说，父母并没有义务按你希望的方式对你好，甚至没有义务必须爱你，这个道理也是我三十岁以后才明白的。

一个单亲家庭长大的男同学和我说过：“那时候小，就觉得爸妈吵架是天大的事，恐惧和不安每天都伴着我。现在长大了，可就是不能回到过去，不能告诉当初的自己，这不是你的生活，你不要因为这些自责。缺乏安全感的性格已经形成了，现在已经很难改了。”

能在一个父母开明、彼此相爱、和睦的家庭里长大是一种幸运。

如果天生没有这种幸运，后天就要多一道修行。

这个修行的过程可能会很漫长。

我只有不断地提醒自己，我应该有我的生活，父母作为成年人，也应该有他们自己的生活。他们放弃自己的选择权，不能影响我行使人生的各种权利。

因为他们年纪大了，让他们去改变价值观、想法，多半是徒劳，彼此折磨而已。不如能哄骗的时候就哄骗，能糊弄时就糊弄。有时候聚会晚一点，我也尽量在他打夺命追魂 call 之前就回家，省去口舌的麻烦，也知道早睡有益健康。

不再有激烈的对抗情绪，潜移默化地一点一点地让家人习惯，这是我目前选择的态度。

我知道这办法不是最好的，但对很多人来说，和父母沟通太难了，永远不可能互相说服，达成共识。更为现实可行的事是，等有一天，你做了父母，你要记得不要把人生的很多问题转嫁到孩子身上，努力给他一个温暖的健康的家庭环境，不要重复你父母犯过的错误。

做父母也是要学习的，也是一门长期功课，因为孩子对父母的不可选择性，所以你要更加审慎、更加警惕，你无须完美，但要足够有爱，通情达理。

真心希望二十年后，会多出许多心理健康、快乐的年轻人。

爱情不会眷顾胆小鬼

文/少女心001

昨天看到一则朋友圈：

“怪我胆小，拖着不讲，喜欢的女孩成了别人的女朋友。结果今天收到喜帖，我要攒份子钱了。再见。”

忍不住点赞之后，我突然发现，他特别像中学时代的我。那时的我，也是胆小如鼠。我暗恋隔壁班的一个帅哥好久，却迟迟不敢对他表白，还故意在参加社团活动时对他全程冷漠脸。

也许我是《傲慢与偏见》看多了吧！总幻想自己是外冷内热的达西先生，总是拖着不回应，希望他义无反顾地选择我。我记得有一次去动物园观察动物，同学们三三两两地闲逛，他从远处跑来，笑着问我：“要不要一起去看熊猫？”

这绝对是天赐的好机会，但是，在那个时刻，我不知道脑子是不是被驴踢了，居然一脸冷漠地对他说：“啊，我约了某某去那边的猴山看猴子。”然后就摇摇头，走开了。

只是一个转身，我就失去了青春期里最好的一次脱单的机会。撒了个谎说去看猴，结果谈恋爱果然拖成了猴年马月的事情。活该!

没过多久，帅哥就和他们班的一个活泼又直率的女孩在校园里牵起手了。听说是女孩主动表白的，我得知这个消息后，不只哭晕在厕所，枕头都哭湿了。

我到现在也搞不懂当时的纠结和暧昧的原因是什么？我只知道整个学生时代，我始终没有决断的勇气，不敢表达真实想法，怕被拒绝，怕成为异类。所以我习惯选择暧昧和模糊的方式。

但这样的态度，让我什么好处都没有得到，工作中不敢提加薪，就一直没有涨工资；生活中对家人也不敢表达自己的意愿，就一直被迫去和老妈安排的歪瓜裂枣们相亲，就一直被忽视自己的意志。

恋爱里，更是吃了这种拖泥带水的亏。因为很多男生撩妹，只是喜欢“撩”而已，是广撒网、维护备胎的策略，其实并没有真的想和你有什么发展。女生沉浸在这样暧昧的关系中，就是浪费时间!

我就悲催地体验过一次长期被撩而无果的经历。

有个双子座的男生，曾经在一年里，一直和我保持联系，喝醉以后会给我打电话说心里话，把最软弱的部分展示给我，听到好听的歌，会分享给我，吃什么好吃的，会发图馋我。他偶尔撒娇，偶尔忧郁，撩得恰到好处，让我不会觉得烦，反而会暗暗喜欢他。

他什么都好，唯一不好的就是：从来不约我见面。

我们就保持着这种暧昧关系，谁也没有干脆利落地表白。终于在今年圣诞，撩妹男的朋友圈发出了和小女朋友的合影。我知道我这个云备胎的角色算是坐实了。

随着年龄的增长，我越来越明白，清晰地表达自己的诉求，才是获得幸福更有效的方式。

你所期待的完美时刻，比如，帅哥主动跑过来壁咚你，主动写了一万字的情书向你表白，等等，也许永远不会有。但是你可以主动出击，果敢地抓住机会，行就行，不行咱就换人。

现在的电视剧也不喜欢写在感情世界里拖泥带水的女主角了，都是塑造敢“撩”回去，敢直接表达自己情感的独立女性。

我希望自己也能成为那样的人。作为颜控，最近我喜欢上了一个好看的男生，虽然感觉有些难度，但是在聊了几次后，我还是主动地邀请他出来见面。没想到对方很爽快地答应了，我们不仅一起看了电影，还约好周末一起去射箭。

据说化解人与人之间的误解最好的办法就是直接说。

本来不抱希望的事，却因为干脆利落地表达变得明朗起来。我第一次尝到了直接表达的好处。

虽然我不确定能不能和他走下去，但即使不成功也没关系，至少我尝试过了，宁可错爱三千，不可放过一个嘛。

爱情的萌生或许有百转千回的含蓄之处，但交往的开始却应该一清二楚，异常分明才好。

如果你喜欢一个人，就大胆地告诉他，得不到回应，就去寻找下一个。不要拖泥带水，犹犹豫豫，限量版的青春往往就在犹豫之间，如白驹过隙，飞驰而过了。

想见的人去见，想追的人去追，想牵手的人，就去试着牵手。在爱情谜之定律中，等待往往等来的是“不爱”，而勇敢表达却是在排除不爱，发现那个真爱。

别㞞啦，
往前走就是了

文/排版002

不知道大家有没有特别泄气的时候。

昨晚去看林宥嘉的演唱会，他说："我快三十岁了，不想那么澎湃了。"还说："喜欢我的歌迷都从小女生变成孩子的妈了，可我还没有大红大紫，喜欢林宥嘉是不是一件很傻的事啊？"

我看着身边许多的空位，略微有些惆怅。在这个一打开听歌软件全是一些我不认识的歌手的年代，他真的已经算是过气了吧？

对于一个和他差不多年纪，又几乎是一路听着他的歌走过来的人来说，是能理解那种泄气的。

毕竟我一个凡人都觉得没有底气面对未来了，更何况他是混娱乐圈的呢？他沉寂好几年了，难免有点担心自己的人气。

我听着他说："以后你们跟别人'安利'我的时候，要说林宥嘉是唱电音的，不是唱休闲歌曲的。”觉得很心酸，他出道十年了，又有多少人听过他除了《说谎》之外的歌呢?

难免泄气咯。

知道年纪越大，越怕的是什么吗?是身边的人一个个在妥协、在退缩。

害怕听到泄气的话，因为那样会让自己怀疑是否还有坚持的必要。

前几天我接待了一个曾经北漂过五年，后来回到小城镇的老家做起小生意的朋友。他当年可是一个十足的朋克少年啊，在 MAO live house 躁一晚上还能喝二十斤啤酒，大冬天的打赌输了就裸奔的那种。

我跟他说：“张楚的巡演 11 月份到北京了，不知道会不会唱《西出阳关》呢?”

他说：“哦，是吗?现在都不感兴趣了。”

我隐约知道他现在的生活过得也不如意，不免有点惜才，我一直都觉得他的文笔很好，以前他在豆瓣也属于小有名气的那种。

“你要是写公众号肯定能火，你看现在火的都是些啥玩意儿啊。”

他面无表情：“别埋汰我了。人哪，命都是注定好的，我就属于垫底的那一撮。做人要学会安分守己。”

我很想去把他拽起来，对他说“不要拿天注定这种话当借口放弃自己啊”，但我知道没有用。

我还记得当年他一个劲儿地向我炫耀："我现在有两千多个粉丝了，马上就是个网红了，快来巴结我！"

当年的他一定也幻想过自己十年后会在二环的哪套一百多平方米的大房子里接受采访，云淡风轻地谈起自己的前半生吧。

他刚来北京的时候一定也眼里满是星辰吧。

时间到底下了什么药呢，能让一个人的热血慢慢变凉。

我有一个朋友说，他自从高考过后就不会再努力了。因为高考那么拼，还是没考到理想的大学，那种绝望的心情太难受了，倒不如随随便便，得失心还没那么重。

我喜欢的男孩，也一直被熬不出头伤透了心，眼看着身边的人都过得比他好，他每年都会灰头土脸地下决定"我在北京待不下去了，我要回老家赚钱了"。

但每每又不甘，觉得这样很不 man，男孩子怎么能轻易说自己不行呢？所以他又留了下来。

我不知道怎么安慰他。人生无非就是一个天秤不稳定的倾斜，也许哪天就发财了，也许一辈子就是这个穷样。

谁也不知道下一个十年是嘚瑟还是卢瑟（loser：失败者）啊。

我只知道，这个世界上有许许多多的人，并不一定能得到与努力相匹配的回报。毕竟成功人士的名额有限。

也许就一直在各种求之不得的欲望中耗尽这一生。

但我们没有办法，只能在自己选的路上死磕到底，这样会活得比较有尊严。

喜欢林宥嘉是因为他一直是一个很热血的人，一直在努力地用音乐让自己的存在更有尊严。没有狂热的粉丝，没有现在流行的大数据傍身，也没有别的跨界的身份，专心地唱歌。

虽然他也会说泄气的话，但他一直在前进。他现在开始参与自己专辑的制作了，也自己作曲了，听他歌的我们也要铆足了劲儿往前冲才是啊。

谁都有想打退堂鼓的时候，但是你知道吗，这个时候，只要你再往前冲一把，你就能把很多人甩在后面。

就算你现在已经攒了十几年的钱还是买不起一套房而别人心情稍微不好就花掉银行卡好几个零。

就算你现在天天加班到凌晨还是不入老板的眼而别人只要拍拍马屁就能升职加薪。

就算你现在天天高强度地运动还是甩不掉一斤肉而别人只要少吃一点就能瘦出马甲线。

就算你喜欢一个人都快掏空自己了却得不到丝毫回馈而别人只要撒撒娇就有人来爱。

就算你努力去融入周遭的社交圈还是没有什么交心的朋友。

你也不许泄气。

干瘪瘪的样子实在太丑了。

我要你重新振作起来。

我要你每天都朝着自己想要的生活迈进一步。

我要你始终都气鼓鼓的怎么被蹂躏也能向前滚。

你明知道这条路不仅拥堵，还无鲜花、无掌声，却义无反顾，真的很酷。

林宥嘉的这场演唱会，听说北京的老文艺青年们都去看了，这也许是大人的一种默契吧。不管再忙，也要抽出时间去撑他。因为他跟我们一样，是一直在努力前进的人啊。

我也会始终用大屏幕上的最后一句话激励自己：

“不要忘记你曾是怎样的一个小孩，不要忘记你曾希望变成怎样的大人。”

很遗憾，
只能和你一起走一段路

文/少女心001

每个人都只能陪你走一段路，人总是要分开的。

——《山河故人》

我失去了一个好朋友。

我们并没有互相拉黑，只是不再说话，没有人愿意做首先示好的那个人。所以，我有点怀疑我们是不是真的曾是好友。

他是个韩国人，和我一样大，并不怎么帅。

人们常说，男女之间友谊的基础就是其中一个长得足够丑。我们俩都是相貌很普通，按说这基础挺不错的。所以一度我曾以为，我们会是一辈子的好朋友。就像和我一起长大的那些发小一样。

现在看来，是我想多了。

怎么形容我这个朋友呢，我就叫他“泡菜”好了。泡菜很像韩国电影《二十》里金宇彬演的那个角色，家境不错，从小到大没吃过什么苦，很任性，很自我，甚至有点冷漠。

我们认识是因为学语言，我想学点韩语便于代购，他想提高汉语水平。结果我发现中文专业的他，汉语说得比我还好，而我却始终学不进去韩语。结果，语言没学成，我们却成了朋友。有事没事聊几句，当时我们才二十出头，讨论的都是滑板啊，摇滚啊，电影啊，对未来的希望啊。现在回头看，当时我们曾信誓旦旦的事，居然一件都没有做成。

可我们刚认识一个月时，他就毕业回国了。他家是批发大白菜的，据说是想让他继承泡菜事业，我总拿这个事揶揄他。我觉得我们的友谊也会人走茶凉，毕竟认识的时间太短了。

后来发生了一件事，一直帮我代购的韩国大叔不能继续帮我了。店铺刚有点起色，对方就这么撂挑子了。我当时手里没有存款，信用卡还要还钱。我心里挺不爽的。偶然看到 MSN 他在线，就随便吐槽了几句。我说你们韩国人怎么那么不讲信用啊，害死我了。他问了一下缘由，说：“那我帮你代购啊。”

“你？真的假的？你要先帮我垫钱进货的哦！也许不赚钱哦！”我习惯把丑话说在前面。

“没关系啊，有什么难的。废话多。”他就这么答应了。

于是我们就开始一起经营一个小小的淘宝代购店。一个不愁吃喝、挥金如土的泡菜小开，每天被我逼着去买利润可能就十块钱的小饰品。

我觉得这就是鲍鱼吃多了，偶尔要换换口味。他一天到晚屁颠屁颠地进货发货还挺美。我算账的Excel表，他从来不看，他说看到数字头疼，反正我不会骗他就是了。

因为他出现在我最需要帮助的时刻，所以后来无论他多么任性和孩子气，我都没有真的生气过。因为我觉得这种信任太难得。

其实我们的性格差异挺大的，他总说我假正经，我说我是真正经。而且我不太八卦，他有时换了新女友，约到了什么妹子，总想和我炫耀一下，会故意只说半句话，希望我来问。但是我总觉得好幼稚，并不追问。

我们只会在失恋的时候，互相认真安慰一下。他常说的话就是："失恋后，不要太难过，过一段时间，你就会后悔当初为什么哭了那么多了。"虽然他比较渣，但他这话我真的赞同。

我的闺密里，知道泡菜的，都会问我是不是喜欢他。

我开始都会说："没啦。两个互相看不上的丑八怪绝对是纯友谊。"

后来我认真地想了下，人性是复杂矛盾的。也许对他有过好感，但他是个永远不会认真的人。可能从一开始，我就本能地认定了，做好朋友才是最长久的。

我们的日子就这么继续着，认识到现在六年了，这期间他先去了伦敦，又去了香港工作。后来我也上班了，但我们的小店一直在坚持着。我常说："你这是图啥，是不是怕没有金钱往来，我们就友尽了？"他会笑笑，说："感觉是习惯了，虽然不赚钱，好像有感情了。"

三年前，我左眼得了 CNV（眼底新生血管）。这件事我像祥林嫂一样说了好几次了。不过这真的是对我很重要的一件事，心理创伤挺大的，因为现在我的左眼看东西还是变形的，永远好不了了。

那段日子，只有几个最好的朋友陪伴我。其中就有泡菜。他刚开始在微信里骂我："死了吗？"因为我很久没有回复他的消息。知道情况后，他说："你把银行卡号给我，我给你打钱。"

他说："我查了看这个病要花很多钱，我现在人在香港，只能这么帮你了。"

我说："我现在眼睛看不清东西，不能哭，你不要说这种话。"我很清楚，人情冷暖，能主动说出要打钱给你的朋友，真的要珍惜。

我当然不会要他的钱。

而且，从生病以后我的心变得异常坚硬。因为当时很近的人都离我而去了。

那种感觉很奇怪。就是你一直不太当真的一个人突然认真起来了，而你一直以为可以信赖的依靠的人，却拔腿就跑了。

半年后，重新上班，慢慢痊愈的我，在他生日的时候，送了一个公仔给他，寄到他在香港的公司。他收到以后，说："这什么破玩意儿，是你在天桥上花二十块钱买的吗？"一句感谢也没有。

我以为他真的什么都不会放在心上。可是2015年6月，他回韩国后，有一天非要给我展示他收拾房间的成果。视频里，他给我看一个抽屉，里面有我六年来送给他的所有生日礼物和贺卡，其中一张卡片上写着"我们要做永远的好朋友"，我都忘记自己竟然写过这种肉麻的话了。

然后镜头转向他的大脸，看到他穿着好几年前我在动物园花五十块钱买的T恤，那是某一年我送他的生日礼物，当时我有点敷衍，没想到他却一直在穿。

那一刻，真的挺感动的。

我以为我们真的会是永远的好朋友了。

可是，后来画风就慢慢改变了。

他说话越来越刻薄，越来越自大。没有了少年气，越来越像一个市侩油腻的中年男人了。他会评判我的生活，故意说一些很伤害我自尊心的话，像我和他都鄙视过的那些泡菜国的井底之蛙一样。

我总是念及旧情，告诉自己别太玻璃心。

终于在前些日子的一次对话中，他彻底激怒了我，我骂了他，互相撂了狠话，似乎是要老死不相往来了。

因为实在是太忙，所以一开始并没有时间去想。昨天，清理电脑内存的时候，发现了他萨克斯演奏的 *Nothing Better* 的音频，那是他为了哥哥的婚礼而准备的节目。

那一刻，我才发觉，我们已经很久很久没联系了。

我问排版 002，为什么泡菜可以陪我度过所有不开心的日子，却不能在我的生活变得好转以后，还和我做好朋友呢?

于是她就说了开头的那句话：每个人都只能陪你走一段路。

还补充了一句："钱又不是爱情，更不是友谊。"

我曾经以为，友谊经过谈钱的考验就没有过不去的考验，没想到，生活永远不会按剧情走啊。

不知道是我变了，还是他变了。

反正就是这样了。

我能花大把时间写一篇文章来回忆我们友谊的二三事，却气到不会主动联系他。可见他的话有多么伤人。

也许现在就到了我们分别的岔路口了，有点矫情、有点遗憾，但巴士到站了，该下车的你无法阻拦。

一辈子的朋友，不是用力写在贺卡上就以为可以成真的，需要彼此的努力、珍惜、运气，还要有足够久的时间。也许真的要走过一辈子，才有资格这么说吧。

“也许最好的分离是，让我们各自向更远的地方看看，将来能有各自的故事分享。”

我想是吧。

你走吧，
我不喜欢你了

文/少女心001

前几天的《金星秀》上，看到“惊鸿仙子”俞飞鸿来做客。谈到感情时，金星问她：“你有没有爱到死去活来的时候？”

俞飞鸿想了一下，淡淡地回复：“嗯……其实在我成长过程中对我触动最大的不是说你多爱一个人，却不能在一起的那种伤感。我有一个成长跳点的时候，是发现……你爱过的，有一天你会一点都不爱。”

看到这里的时候，电脑前的我忍不住后背抽动了一下。

因为不久前，我就经历了一次这样的“成长跳点”。

前阵子去日本旅行，在京都一家绿茶甜品店里，我正坐着发呆，忽然开门进来一家子人，打头的是一个日本小伙子，看起来应该是外地来京都旅行的，打扮得比我们还土。

他兴奋地安排着爸爸妈妈和妹妹落座，我就直直地盯着他看，心里咯噔一下子，他和我那个前任长得可真像啊。

那种视觉冲击感，让我有点不知所措。可想想，如果站在我眼前的真的是前任，我此刻的反应也不会有什么区别。

我们分手三年了，其间一直没有联系，我是那种分手后老死不相往来的类型。去年 9 月，前任曾在喝醉酒后给我打过电话，因为我已经删除了他的联系方式，所以就毫无防备地接了起来。

但听到他的声音，对比电话那头的兴奋，我的内心竟没有任何波澜，那一刻，我突然有了一种俞飞鸿所说的惊讶和悲伤。

这是之前完全没有设想过的。

我是曾经像少女一样认真喜欢过他的。我给他写过各种节日卡片；送过一堆手作信物；我曾像个弱智儿童一样举着一把彩色气球陪他过六一儿童节；他买到假货，我会主动帮他投诉，去和无赖店主吵架；因为喜欢他，我可以去打我一点都不感兴趣的游戏；我可以变成无敌铁金刚，只要他有难了，我就飞奔着去罩他。

他性格内向，有点脆弱，我就有拼了命想要保护他的冲动。

我当时像个男人一样，默默下定决心，毕业后要赚很多很多的钱，让他可以不用为柴米油盐发愁，让他在我给的安全区里任性地做他自己。那些迎合世界、与人战斗的事，都交给我就好了。

那时候，在我眼里，没人比他更善良，没人比他更帅气。望着他的眼睛，我就进入了夏天的梦里。

我可以二十四小时不睡地等他的电话，一听到他的声音，我就开心得像吃到了糖。

但这一切都变成了曾经。

曾经让我一听就元气满满的声音，不再特别，不再具有任何杀伤力。当时，我一边写着 PPT，一边面无表情地附和着他电话里的问候。他问十句，我只简短地回复一句。

隔着话筒，我都能感受到他的失落。可我对自己也是无能为力。

他就像失效药一样，对我彻底失去了作用。我才知道，原来一个人的不爱可以这样彻底。

他失落地挂了电话，我开始难过起来。我难过的是，我发现原来自己都无法对自己有所掌控，我从没想到，有一天，他对我来说会是如此随便的一个存在。

随便得就像陌生的快递员一样，我不用看清他的样子，只是胡乱签一个潦草的名字给他就可以了。

通过电话的晚上，我翻箱倒柜地找到了我们仅存的一些合影。看着照片上的我们，觉得特别陌生。没有唏嘘，没有遗憾，我像看着一对陌生的情侣一样，没有情绪。

他那些曾闪闪发光的优点再也没什么吸引力。善良的人很多啊，帅气的人也很多啊，声音好听的人也多得是啊，没什么特别的。

终于尘埃落定，他对我来说，失去了一切效力，只变成了一段回忆、一个名字。

这样的结果，不知道是好是坏，总之是我没有想到的。哪怕有一点点恨意也好啊，可我连埋怨和恨都没有，完全无感。

我就这么迎来了我的“成长跳点”，我不确定这种成长会不会倒退，希望对一个人的免疫，对一类人的免疫，能换来靠近更好的人、更好的未来吧。也只是希望而已。

唯一确定的是，以后再喜欢一个人的时候，想必会多出许多的宽容，也不再会想永远这回事。毕竟连自己的心意都无法控制，毕竟连自己的改变都无法预料，又何况是对另一个人有所期待呢？

所以啊，不要害怕现在爱得太多用力太猛，因为这一切也许只会属于现在，根本延续不到未来。

学着提高分手效率

文/保安007

爱情和生命，构成了人生的全部迷局，我们要有足够快的速度用身体穿过，并保持发型不乱。

现代生活中“速食爱情”的存在已成为普世现象。为什么不能有“速食分手”呢？而让我们成长的，正是在失去与获得中不断地循环和重生。学习如何快速治愈应该是比如何快速与对方结合更为重要的课程，而我们在这方面却往往一无所知。

认识两对情侣。情侣A青梅竹马，情侣B郎才女貌。这两对的爱情同样风风光光得羡煞旁人，但最终两对的感情路都以分道扬镳作为结束，大快我心！

A组的女生是我的好朋友，前男友相貌堂堂，但喜欢拈花惹草。花丛里开得最艳的花朵往往都是最先被蜜蜂折腾残的，顺理成章地出了轨。女孩的高傲瞬间土崩瓦解，自尊低到尘埃里，反反复复地哀求，千方百计地监视，藕断丝连，断断续续，每晚做梦几乎只做一种梦——两人复合了。

之前的幸灾乐祸遭到了报应，她的分手却成了我们身边人的噩梦。电话哭诉、微信陪聊、红包安慰，还要每天忍受她无休止的林黛玉式朋友圈刷屏，搞得周围生灵涂炭，民不聊生。

情侣 B 的男生是我同学，同为北漂狗，我们大狗惜小狗。后来 × 恋爱了，开始嫌弃和我一起吃狗粮，洗心革面吃起了高级食物。人也积极向上，喜欢装 ×，善于装 ×。珠峰山腰迷过路，川藏路上断过腿，云南青旅尿过床，北海道温泉烫过嘴。

而生活的讽刺在于，这样的模范情侣最终也败给了小三。跟上面那对情侣不一样的是，B 组男生的解决方式却截然相反，马拉松和学习几乎占据了日常生活，还尝试自己给自己做“狗粮”，优雅得不像个男人，对于失恋在我们面前只字不提。

一个月黑风高夜，A 组女生又开始组酒局抽风，立下军令状谁不喝吐谁就是王八蛋。当时我和 B 组的男生刚刚踢完球，询问一下介不介意一起跟我去见见这位丧家犬。朋友耸了耸肩，答应了。

两位同是天涯沦落人的患难兄妹，就这样相遇了。

真是天有不测风云，人有旦夕祸福，好好一对分手狗，怎么说好就好上了呢？那晚B组男生的儒雅和洒脱，一下子治愈了A组女生干渴了半月的心灵。其他细节不赘述了，你们肯定也不感兴趣。但A组男生的观点我不能认同更多：

对自己折磨就是变相给对方增加炫耀的筹码，你的行为在他眼里反而会变成——“看，老子能让一个女人为了我这样死去活来！魅力值简直爆表啊！”什么东西啊这是！

不管你宿醉得多厉害，第二天的生活都能给你翻篇。你恋一次，死一次，还没孤老呢，就提前不瞑目了！爱情和生命，构成了人生的全部迷局，我们要有足够快的速度用身体穿过，并保持发型不乱。

高效率高质量的分手，才是你对以前不如意的最好报复。

人人都知道林青霞最爱秦汉，盼望和他结婚。香港无线电视台当年做的一期林青霞特辑里，林青霞美滋滋地靠着秦汉说：“我攒了些钱，他也有些积蓄，以后结了婚也够花了。”其实大家都心知肚明，林青霞要的不仅仅是金钱，奈何秦汉给不了她一直梦寐以求的东西，再加上秦汉天性懦弱。

就像贾宝玉虽然最爱的是林黛玉，结果却娶了薛宝钗一样，我想她和薛宝钗一样，都是不会委曲求全的、理智的人，即使她喜欢秦汉。毅然决然地选择离开，不会委曲求全，即便秦汉双膝下跪。

有人问过，分手后是男方伤得深，还是女方伤得深？！负责任地告诉大家，没有明确的文献研究证明到底是男方还是女方，但在分手这件事上，女方更明显处于弱势地位。

爱情对女生来说是信仰，而对男生则更像是爱好。男生有更多的精力和体力去参加社交活动，而对女生来讲，她们的生活横断面就显得窄多了。大多数女生的性发育和心理年龄成熟程度要比男生早，而年龄优势又一直处于弱势。说得难听点，你咬着一坨不值得你挽留的大便不松嘴，最后恶心到的都是女生自己，白白葬送价值千金的芳龄，吃大亏啊女生朋友们。快速撤离、高效分手，对女生而言根本就没上升到不道德的层面，反而更是对自己负责的行为！

天下武功，唯快不破，感情裂痕也是如此。当断不断必自乱，道理显而易见。

面对挫败和失意，有人选择折磨自己顺带折磨他人劳民伤财，而聪明的人选择快速消化，因为他们明白只有快速把心打扫干净，腾出空间才能让另外一个人住进来，开始另一段生活。

感情这玩意儿有开始就有结束，有牵手就有分手，且不说有那么多虚情假意的分分合合，就算两个人抵挡住了所有的诱惑，相濡以沫地度过了一生，然后呢，还是有一个人会先走，剩下的那个呢，情何以堪，你得遵循自然法则，你撒娇、胡搅蛮缠，什么都改变不了，反而快速地抽身比选择自杀式葬送治愈来得更加安全和可靠。

现在这对狗男女，好得如胶似漆，女生之前那些撕心裂肺的痕迹已经荡然无存。如果没有高效率的分手，不知现在她又吐脏了几双鞋，哭丢了多少隐形眼镜。

不想祝福他们，因为生活总是这样，不知道什么时候又会突然给你来上当头一棒。但是经历过这样高效的分手、快速的治愈，想必如果两人的历史又重蹈覆辙，她应该也可以安全地度过剩下的时光。

劝一句因为藕断丝连哭得像个 ×× 的朋友们，请来一次高效分手吧！

夜长梦多，要么别睡，要么早点醒。

“不是每个人都可以
幸运地成为理想中的自己。
这是我们不得不接受的现实。”

Chapter 5

别担心，
没人会在乎你

大忘路

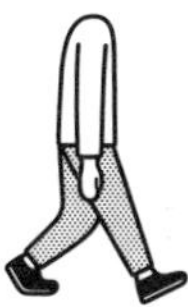

本命年如同脸上的青春痘

文/保安007

“我也要能站着尿尿！”——这是我听过最不靠谱的新年愿望。

记得某年冬天去了一家餐馆，卫生间是坐便式的马桶。

当时因为我的消化系统的内部矛盾，促使我毫无保留地把屁股奉献给了马桶。在屁股与马桶两厢情愿地接触的一瞬间，我突然明白了那个新年愿望。白花花的陶瓷将我白花花的屁股冰得瞬间尿意全无。

虽然我没有机会，也不想去感受作为一个女生因生理差异而遭受的痛苦。可这天以后我收敛起了为了体现我们男青年“年富力强，百步穿杨”的姿态。第一次主动把公司里洒落在马桶外面的尿渍擦除了。

因为尊重是相互的。言与行，从于心。设身为他人考虑，才能赢得他人的尊重。自尊是他人施舍给你的。

刚刚毕业那年，每天第一缕照射在脸上的阳光，与我分享的只有眼屎和昨晚梦里那个让我魂牵梦萦的姑娘……公司大楼管理人员——看着车辆进出的保安是我每一天开始和结束工作的“目击人”。

小区保安因为要二十四小时不间断轮岗。监控我们那栋的保安有四到五人之多。而我只对一位有深刻的印象。

干练的发型、细高的身板，高高的颧骨下面的嘴角永远都倾斜向上。

凡是业主和员工进出门口，唯有他会笔直站立，“谢谢”和“欢迎”叫得比扩音器发出的还洪亮……每次加夜班，深夜如果轮到他在值班站岗，那一句亲切的问候，总能让我内心融化、眼角闪出泪光……

久而久之，空暇时间会和他扯淡：“我曾经连续坚持十年的锻炼，俯卧撑每日三百个。如今工作从未有过迟到、值班睡岗的现象！”和我谈笑时那种平和的笑容，一直挂在我的心上。

一个对平庸的岗位能每天投递出如此多的热情、为身边的人送出那么多份尊重的人，你有什么理由不去给予他等价的尊重？他施舍了自尊给我。

公司业务比较多，招了许多实习生。新人来到新的环境想要适应，必须先了解这里的人文景观。可能是因为我这如风、如画、如景，除了不像人其他什么都像的五官，新人都喜欢来和我探讨怎么快速融入集体，并且享受这份工作。

抱怨和不满、迷茫和自我放纵、随波逐流的心态，是他们给我提供次数最多的观念……突然想起父亲在我刚毕业时致电我，他的原话是：一个私人企业，不是什么正式单位，每天就当成一个营生，早点混过去得了，不用那么认真，早点回家来吧。那才靠谱！

内心一万匹脱缰的野马啊……这和我从小到大被灌输的思想不符啊！责任感呢？自尊心呢？

大逆不道的心理还是占据了大脑的最高控制权，我没有遵循父亲的意愿，“在其职，谋其事”。天底下没有卑微的东西，只有你吝啬得不去施舍，你才会失去人们看待你的价值。

我从没有觉得这位保安藐小，反而认为他要比我活得更体面，更像个人！我的自尊是他施舍的。

一个人，更何况是个男人，更其次是个北方男人，没有了这种正视自己地位的辨别能力，和对周围的人和事敢于负责的心态，那和那些只会在 QQ 空间和微博上发表观点的键盘党没啥两样。

惰性是比女人减肥还难以解决的病症。只要思维正常，手脚无

一辈子的朋友，不是用力写在贺卡上就以为可以成真的，需要彼此的努力、珍惜、运气，还要有足够久的时间。

一辈子的朋友，不是用力写在贺卡上就以为可以成真的，

需要彼此的努力、珍惜、运气，

还要有足够久的时间。

OWL

成长也是一个不断筛选朋友的过程，生活就像是一个滤网。越是容易剔除朋友，越是觉得留下来的友谊很珍贵。

成长也是一个不断筛选朋友的过程，生活就像是一个滤网。

越是容易剔除朋友，

越是觉得留下来的友谊很珍贵。

缺的人每日抱怨上帝不公平，都应该是惰性始然的结果。收敛浮躁，克服惰性，舍得给予。这是我给还在不停骂领导和命运的学弟学妹的语录，因为我也一直在向这个目标发展，至少我一直在努力。

那一年，很难忘。

就像你第一次尝到橄榄的味道，苦涩中带着香甜。见了许多没见过的人，遇见了好多不认识的人，当时我的人生观、价值观容量根本不能一一理解……

人类是社交类群居动物。道理很简单，没有社交，哪会来一群呢?！杂七杂八的社交形成多元化，导致思想和指纹一样，你只能让他求同存异，不可能都树立在一个基准线上。我不是什么好人，但是我可以从一点小事开始改变，从而影响身边的他、她、它。让自己的圈子更纯真，让世界更好。

比如我可以在三个月里减下去年堆积下来的二十多斤的赘肉——相信你也可以。

感谢上帝能让我站着尿尿。

别担心，
没有人会在乎你

文/保安007

早晨睡过了头，起晚了，匆匆忙忙地穿衣服，赶地铁。晚上下班时上厕所发现——我居然把裤子穿反了，而且是穿反了一整天！极大的羞耻心猛烈地撞击着内心，知道真相的我几乎哭出了声。晚上下班后努力地回想这一天周围人的各个细节，有没有对我翻白眼、有没有冷嘲热讽。

但是，一切都没有！

而且在没发现裤子穿反之前的这一天，我还是该说说、该笑笑、爱跳爱闹。因为根本就没人会注意我的下半身，也根本没有人在乎我穿反的裤子。同样的一件事——一个女性朋友为参加一个聚会，精心打扮了近三个小时还没完，让大家苦苦等待的元凶仅仅是一枚小小的胸针！

站在镜子前摆来摆去，觉得镂空雕花的胸针显得太突兀，祖母绿的胸针又太过老气了，精简的胸针又怕大家发现不到这个点睛之笔。

选来选去足足消耗了两个小时，其间还为了一枚胸针换了整套衣服和发型，最后时间快到了，匆匆地选了一枚银白牡丹。

聚会的整个过程她都低着头在角落里玩手机，不敢抬头，生怕那枚匆匆而选的胸针被发现，然而大家都没有在乎那枚胸针，尽管那枚胸针其实真的很好看。

其实，你真正在乎的，是你自己。

在以自我为中心的舞台上，我们每天都在演着肥皂剧。导演、主角通通都是自己，别人都成了我们眼中的观众，为了取悦观众还要偶尔客串一下，跑个龙套什么的……

如果这次考试没有发挥最佳，我的父母、老师该如何失望啊？如果在工作上表现太突出，会不会遭到同事的嫉妒？如果表现得太中庸，领导会不会觉得我消极怠工？下定决心去和喜欢的人表白，又想到如果遭到坚决的拒绝，该有多尴尬，心里又打起了退堂鼓……隔壁老王的孩子肤色和我一样，老王会不会误会并来质问我？

然后蹲在马桶上，盯着脱下半截的裤子和挂在腿上的内裤惊呼道：“天哪！每天都有这么多人在乎我！压力好大，感觉自己快要崩溃了！”

其实，我们在乎的都是自己！

来举个例子吧，现在市面上的打火机有两种——防风打火机、普通打火机。普通打火机的火焰，火焰的火芯、内焰、外焰分明，肉眼能够轻松看出，火焰很容易被风吹熄灭。防风打火机的火焰，只有明显的火芯，内焰、外焰部分肉眼几乎看不到，任你风吹火焰仍然屹立不倒！

防风打火机没有把自己的所有暴露给别人，在乎的是内心。

普通打火机把火焰的全部构造都展露出来，禁不起任何风吹雨打。

你想要变得坚不可摧，先强大自己的内心，忽略掉别人的在乎，冯唐在《三十六大——致女儿书》中说：

煲汤比写诗重要

自己的手艺比男人重要

头发和胸和腰和屁股比脸蛋重要

内心强大到浑蛋

比什么都重要

他人并不会真正在乎我们，他们只在乎我们是怎么看待他们的。就像我们并不真正在乎他人，我们只在乎他们是怎么看待我们的。

那些设想辞职掀起新的人生篇章的人啊，该开店的去开店，该奔远方的去远方。别在乎他人的看法，没人会在乎你！

那些因为承受了太多痛苦的人啊，想哭就哭出来吧，别硬撑着装坚强。不会有人说你懦弱，没有人会在乎你！

那些被生活欺骗得体无完肤的人啊，放手现在的生活，做些配得上你现在的年华的事。别怕会有人嘲讽你，没人会在乎你！

那些对某人朝思暮想、废寝忘食的人啊，抓住一切时机，去爱吧，去约吧，去睡吧！

别怕周围人的议论，没人会在乎你！

别担心没人在乎你，因为没人在乎你。

可是当我忽视了所有却感到内心孤独是为什么？你之所以感到孤独，并不是没有人关心你，而是你在乎的那个人，没有关心你。亲爱的朋友听我一句劝，放弃 TA 吧。

越在乎，越卑微。

别太把一些“友谊”当回事

文/排版002

成年人的友谊比大山里的信号还弱啊，说没就没。

周末和朋友吃饭，她气急败坏地跟我讲了她是如何和另一位朋友闹翻的。

“你不是前两天还发了朋友圈秀友情吗？我还以为你们两个姐妹情深呢。”

“那时的友谊是真的啊，一开始很合拍啊，但现在确实发生了我的底线不能忍的事，就拜拜咯。”

“不会和好了吗？”

“没那个工夫。”

“不可惜吗？这年头朋友很难交哎。”

“虽然看起来社会上的友谊很不堪一击，但你知道我喜欢什么吗？我能选择谁当我的朋友。我干吗交个朋友让自己处处不爽啊？”

痛快。

当成年人就是好啊，不用为了任何友谊忍气吞声。

我想起来我大学的时候经历过一段让我非常不舒服的友谊——我的室友A，典型的全世界都要围着她转的人。那时候她谈恋爱谈得惊天动地，天天跟我讲她的恋爱细节，我每次都“嗯嗯哦哦”应付过去，表示我没兴趣听。那时候她喜欢动不动就说分手，刚开始我还会理性帮她分析，结果反复上演的次数多了，我就懒得搭理她了。

但当时还是比较隐忍的，心里即使不痛快也会很快过去，觉得大家同一个宿舍的，我要包容一下。甚至有时候我还会反省自己，是不是我太小心眼了啊。

我们的相处模式基本是：生气，原谅，和好。

后来发生一件事让我彻底明白：有些所谓的友谊，不要也罢。

我大学时是民谣狗，很想五一假期去北京参加一次音乐节。刚好那段时间A又分手了，就说要陪我去实现我的理想。一开始我很感动，早早地计划好了一切。结果临出发前，A跟我说，他们和好了，要跟她男朋友去别的地方玩。A就跟没事一样，不曾想过会对我造成什么伤害，并且对我预先订好的酒店该平摊的房费也毫无反应。我真的不是心疼钱啊，我在意的是她就这么把我扔在困难的处境不闻不问。

说实话，那时候还没有“撕×”这种现象，我也不知道怎么处理和A的关系，只好尽量躲着她。直到我的一个学长给了我人生方向。

他说：“这类人永远没有分寸，你直接不和她做朋友就好了啊。为什么让她影响你。”

我说：“也许是因为我没有别的朋友吧。”

“你有没有想过，她其实不是你真正意义上的朋友？大学宿舍的四个人都是分配的，你们性情不同、背景不同、三观不同、所接触的世界不同，只因为住在一起，就要产生友谊吗？”

我头顶一声惊雷。我看着别的宿舍相处融洽得像一家人似的，还觉得是自己难以相处呢。从来没有人告诉我，我那是“被选择”的，是“随机分配”的友谊啊。

从此以后就和她渐行渐远了，虽然尴尬，但总好过让自己心里添堵。

包括工作后其实也是一样。

那时候我刚进一家公司，可能因为公司氛围的原因吧，老员工都不带新人玩，所以我便和同时入职的新人同事出双入对。可是我们一点也不投缘，互相看不惯对方，腻在一起也是因为要抱团取暖而已，可能她也是这么想的。后来发现了她的一些不好的事情，我实在忍受不了就和她说我们以后还是少来往吧，毕竟不是同一个圈子的。

从此以后我就养成了成熟的交友原则：伤害我一次就从好友列表里剔除。我不能再当好人去原谅一次又一次了，毕竟真正在意你的人是不会让你为难的。

我有一个初中的好朋友，几年前我们关系还挺好的。有一次我被初中同学骗了钱，于是我打电话和她说事情的经过，并提醒她注意，突然她微信里发来一条信息："我在听一个女人唠叨快半小时了，我好想死啊！"我一脸的蒙圈，虽然她马上跟我解释她说的是另外一个人，但我当时心凉了半截，往后也和她无任何交集了。

有一句话说得好，男人闹矛盾，打一架就好了，女人的友谊啊，只要一步错，就再也无法挽回了。

当着我男朋友的面数落我让我下不来台。

嘲笑我喜欢鲜肉明星，嘲笑我为之奋斗的东西。

在我面前装穷，吃饭都是我付账，却转身在朋友圈秀新买的包包衣服。

和我说别人的坏话，在我站队后，她却跟那个人关系很好。

分享了一条特别 ×× 的朋友圈，三观严重与我不符。

几个人的小圈子，故意排挤我。

精心化了个妆，被酸溜溜地说是心机×。

很不幸的是，上面这些事情我都经历过，我毫不犹豫地把对方判了死刑。

虽然一开始会有点舍不得，但确实清除掉这些全靠包容死撑的友谊后，整个人生都明亮了起来，我干吗要活得这么憋屈。

本来女生就很容易“他人即地狱”啊，很“一山容不了二虎”啊，有什么不满的，就直接撕咯。

说我小题大做也好，说我太轻视“友谊”这两个字也好，反正我就是要把不合格的朋友都洗掉！

我一直都觉得，成长也是一个不断筛选朋友的过程，生活就像是一个滤网，帮你把那些会毁掉你心情的烂友谊过滤掉。挑朋友的眼光会随着你的生活阅历变得更好。

越是容易剔除朋友，越是觉得留下来的友谊很珍贵。那些会考虑你的感受的人，看到你发朋友圈说生病了会第一时间电话关心你而不是给你点赞的人才是值得深交的啊。

真的不是每一段开始过的友谊，都一定要天长地久到老的。

宁可没朋友，也不要有朋友但是不开心。

生活需要一些仪式感

文/保安007

最初跟家人透露说我想学车，我爹赶紧跳出来主动请缨要当教练，我知道他的目的：一是为了指导我；二是防止我把他的车当飞机开。

我跟我爹说我要一个月拿到车本！我爹亲切地安慰我：“玩蛋去！好好握方向盘！”他觉得我不行，我就证明给他看，让他知道，我是真的不行！

我爹说，在他们那个年代练车，光是基本动作就要练上三个月，用的全是货车，离合高、挡把沉、车体大、路不平。现在练车跟以前比起来那就是元宵节里的彩灯——闹着玩的。

的确，开车在以前算是一门手艺，在他们那个年代汽车这种东西还不是家家都有的。当时的汽车操控难度大，开车的人责任也重大，“司机”是个受人尊重的职业。入门难度理应大些，高门槛是对这门手艺的尊重，这是必须要有的仪式感。

人生分时间和空间两大区块，空间套用在时间上摩擦生热。于是从古到今，我们给自己规定了很多仪式感，让我们所谓的空间在不同时间折叠——伸展。比如过年；再比如领结婚证；再比如，日本人吃饭前要说一句“我要开动啦”。

你觉得生活无趣，可能是因为你缺少一些仪式感。

圣埃克苏佩里的《小王子》里有段关于仪式感的描写：

小王子在驯养狐狸后的第二天又去看望它。“你每天最好在相同的时间来。”狐狸说，“比如说，你下午四点钟来，那么从三点钟起，我就开始感到幸福。时间越临近，我就越感到幸福。到了四点钟的时候，我就会坐立不安；我就会发现幸福的代价。但是，如果你随便什么时候来，我就不知道在什么时候该准备好我的心情……应当有一定的仪式。”

“仪式是什么？”小王子问道。

“这也是经常被遗忘的事情。”狐狸说，“它就是使某一天与其他日子不同，使某一时刻与其他时刻不同。”

实不相瞒，我当时觉得这狐狸真的太中二了，真的好事×啊！女生真的是男生最好的大学，一个姑娘让我知道，是我错怪了这只喜欢磨叨的狐狸。

那会儿我刚刚参加工作，微信这个软件也刚刚兴起，当时感觉全世界的人都在玩微信上的两个功能“漂流瓶”和“摇一摇”，我也不例外，而且我曾经也“摇”到过一段缘分——姑娘是隔壁大学舞蹈专业的大二学生。

那会儿我们两人没日没夜地聊天，没日没夜地互道晚安、早安，我没日没夜地想她，不知道她是不是也没日没夜地想我。

想想现在，已经很久没有早晨起来刷牙洗脸都要带着手机，放在梳妆台上一直斜着眼盯着屏幕期待着它亮起来，消息一来发现是你，还没打开微信，我就已经笑了起来，赶紧找毛巾把手擦干净去回复。

关系发展流程和大众的网友见面如出一辙——吃饭→逛街→看电影→幻想着今晚肯定能跟她去宾馆睡觉→未遂→把她送回学校宿舍。

我就这样当“好哥哥”当了将近四个月，每次见面的流程依旧是——吃饭→逛街→看电影→幻想着今晚肯定能跟她去宾馆睡觉→未遂→把她送回学校宿舍。

一个舞蹈专业的姑娘，腰那么细、腿那么长、胯又那么软，虽然胸那么平，但是脸蛋又那么好看，不过这些都是表象，我不在乎！我看中的其实还是性格，毕竟每次吃饭总是争着和我买单。

我自然是很中意她的。无奈我生性愚钝骨子里又叒，每次想问她，对我的感觉怎么样呀，就算是你不想和我好，起码也要表示礼貌吧。可是就是开不了口。

姑娘也是矜持得可以，对我的态度和她吃涮肉时的态度一模一样，只管往嘴里塞肉，其他任何话只字不提。

不知道是星座的心理暗示能力太强了，还是真的那么准，我算是继承了天秤座的特点吧，当自己感觉一段感情看不到希望时，会主动默默退出，在对方的世界里突然消失。(其实就是“渣”。)

“摇来的缘分靠不住。”我这样告诫自己，一段原本期待值很高的感情我单方面宣布彻底结束了。之后很久没有联系过。

后来我离开了湖南，来到北京，那个姑娘又找到了我的联系方式，换了新的微信号，头像还是本人，还是细腰翘臀软胳膊腿。

加了好友，一阵不痛不痒的寒暄，我突然冷不丁地问了她一句：“当时我那么追你，你为什么一点反应都没有？”

姑娘多半是被我这句突如其来的问句震住了，半天没回复消息，过了十分钟，屏幕轻轻敲来几个字：“我倒是想问你，为什么追到一半就突然消失了？”

什！么！东！西！跟我说已经追到一半了已经？！我原本一直以为还有十万八千里的路程，谁能料到其实早就过了女儿国了！

而我撒手撒得也是潇洒，一夜之间咔的一声就消失了，没有任何留言和宣告，留下姑娘一人独自在风中凌乱。

因为我们两个对于感情没有丝毫的仪式感，本可以喝着她泡的茶，摸着她柔软的头发窝在沙发上，变成现在只能对着她的头像回忆那腰、那腿、那脸蛋了。那句“我们在一起吧”让她和我都等得太久了，等得太久，想说的话也变得不想说了。

如果你问我婚礼、毕业旅行、散伙饭等仪式可以不要吗？可以啊。就算没有这些，我们也都知道明天早上醒来一切还是一样，上班高峰的地铁还是会拥挤不堪，早点摊的味道还是那样一成不变，孩子还是会在夜里哭闹，工作和作业还是会摞成一堆。

只是我们需要个仪式，需要一个可以说你好说再见、一个可以光明正大跟过去决裂、一个似乎可以逼着自己做一些改变的时刻。

因为有些话，等得太久也就不想说了。有些事，你不做，永远也没机会做了。

连IE浏览器都敢问出是否把IE作为默认浏览器这么不要脸的问题，你们这些活血活肉的大姑娘、小伙子有啥好尿的？无论离开还是相逢，表达出来，就是对这份遇见的尊重，必须要的仪式感。

我们不谋而合地一起长大，如果又能不谋而合地在一起，你凭什么不用庄重认真的态度去对待？请一本正经地生活，一本正经地吃饭，一本正经地睡觉，一本正经地恋爱。

不好吗？

记一次老年果儿见偶像的经历

文/少女心001

周二下班前，我一边快速收拾着背包，一边和身边的小同事说："一会儿不管有什么要紧的急事，我都不管了，因为我要去见偶像了！"

我，要去和大学时崇拜的乐队主唱吃饭！

二十岁的小同事知道后，眼睛一下子睁大了："啊哈！原来您当年是果儿啊？"

我当即托了托我七百度的近视眼镜，一脸冷漠地回复："你见过这么胖的果儿吗？"

北京话里，尖果儿是指漂亮姑娘。后来"果儿"逐渐演变成和摇滚圈子有关的一类姑娘，但我不是，因为我不漂亮，也不爱社交，更没有进入过所谓的摇滚圈。

我只是单纯地喜欢一个叫作“新香水”的地下摇滚乐队。喜欢的原因有一半是因为他们的现场是我看过的第一个摇滚乐队现场，第一次总是让人刻骨铭心。

那是 2005 年冬天，在北京蓝旗营的 13CLUB，那家 LiveHouse 据说现在还有，老板也没换，然而距离我第一次去那里，已经足足有十一年了。

乐队的成员都是来自北京丰台的男生。主唱是乐队核心人物，叫大斌，外号狐狸，他长着一张娃娃脸，个子不高，但可以跳得很高。他是主唱兼乐队的键盘手，边弹边唱的时候，眼神犀利而坚定，气场十足。

那时候我最喜欢看他在唱到歌曲的中间部分时，突然双腿对折跳一下，我常常惊讶他的弹跳力怎么能那么好。

和他见面前，我特意翻出了第一次看他演出时录的视频，自己一边看一边笑，因为视频里面还能听见同伴冲我叫喊着：“你会不会摄像啊！近一点啊！”

当时拍那段视频的时候，我可紧张了，因为那是我第一次去 LiveHouse。我端着相机，红着脸，周围是蹦来蹦去的男男女女，我定在那里，像个拍视频作业的小学生。

而主唱狐狸在台上，台风稳健，眼神犀利。他的声音很好听，是少年的声音，那时的他，也是一脸少年气。

所以，第一次看他们的演出我就被圈粉了。

没见过世面的二十岁少女就这样成了一名狂热粉丝。后来得知乐队有驻场表演，我只要有空，就会去看。有一次冬天的晚上，13CLUB 里只有两个观众，就是我和我同学，我们乖乖地点了两杯奶茶，看完演出，就默默地离开，坐末班车回学校了。

其实当时有机会和主唱说说话的，很多粉丝都会主动去和乐队成员打招呼。但是我就没有，因为太害羞了吧。所以，看了他们两年的专场，直到大学毕业，我才和他说了第一句话。

本来很多事我都以为自己忘记了，却因为能再次见到他，又回想了起来。那些年，我真的算一个乐队合格的粉丝。

我曾经去人大东门外的涂鸦墙喷了一墙乐队的 LOGO。

我曾经因在 798 艺术工厂某面废弃砖墙上喷写“新香水乐队”而被保安驱逐。

我曾经以权谋私，利用组织高中聚会的机会，安排大家去看乐队的现场。

看完新香水乐队在 MAO live house 的专辑首发演出后，我和朋友用 CD 机听着专辑，在南锣鼓巷坐到天亮才回家。

但是这一切热忱在工作后慢慢消逝，好像也没有一个特别的时间分割点，我就逐渐淡出了看演出的生活。我要忙着做个职场新人，我要应付外企里各种心机×和难搞的客户。

不知不觉，七八年的光阴就一晃而过。

在这期间，我和他再也没见过。

再见面时，就是八年后，在西直门，主唱大斌正把车缓缓停在路边。

车窗摇下来，我看到坐在车里的他，穿着呢子大衣，戴着框架眼镜，正温和地冲我微笑着，我一下子就笑了。心里也在想：哼，果然是大叔范儿了，时间真的谁也没放过啊！

我一时不知道说什么，开口只是："好久不见。"

他也笑着说："好久不见。"这让人很恍惚，看着眼前的这个人，你会迟疑，他真的是当年留着杀马特造型、偶尔化烟熏妆的那个主唱狐狸吗？

他一边开车，一边和我闲聊近况，而我满脑子全都是呼啸而过的二十岁的记忆。当时我们正好穿过一条长长的隧道，如果再有面移动的镜子，简直复制电影《老炮儿》里的场景了。

那顿饭我们吃得很简单，对话的内容，全都是回忆。因为我记忆力太好了，往往是他想起一个片段，我来帮他梳理前后的故事。他非说有个男孩聚会后送我回家来着，我死活否认有这件事发生过。话题说到一半，突然都觉得有点悲伤。

于是，我掏出手机，给他看新香水乐队第一个酒吧专场时，我录的视频。他一边看一边一个劲儿地说：“哈哈，那时候我眼神多坚定、多勇敢，现在怎么那么屃了呢，唉！”

我能理解他说的屃了，是什么意思。因为在我身上也是一样。

为了不那么伤感，我故意转移话题问他：“对了，你看电影《疯狂动物城》了吗，里面有只可爱的狐狸，话说你外号为什么会叫狐狸啊？”

他不好意思地笑了一下，说：“因为狡猾啊！”

我听后翻了下白眼，心想：喊，臭屁的样子一点没变。

其实，我没好意思告诉他，看那部电影的时候，我一直想到他。因为有一句台词是：“踏进动物城，谁都怀揣着梦想，成为理想中的自己，却一场空。”

我是从来没有明确理想的人，但他是，他一直有个音乐的梦想。为此他坚持了很久，放弃了很多机遇，也失去了很多东西。我听他说，他也是几年前才放弃做全职音乐，开始上班的。

他轻描淡写地说着：“现在虽然工作忙，但有时间还是会去演出，音乐的梦想还是有的，总有别的实现方式，对吧。”我望着对面的他，听他说着现在在 IT 公司的工作，就像好多年前，我仰望着台上的他一样，还是充满敬意。

他已经为梦想尽力了，不是每个人都可以幸运地成为理想中的自己。这是我们不得不接受的现实。

他的外号叫狐狸，但他也不是狡猾的狐狸，和电影中一样，也只是蠢萌的狐狸。在送我回家的途中，雾霾越来越重，越来越看不清前方，等红绿灯的时候，他说：“今儿见了老朋友很高兴，想起了许多美好的日子。说正经的，我很感激自己能和那么多人的青春相关，如果有机会，真想在 13CLUB 再办一场专场，把当时的老朋友都召集在一起。”

我说：“好啊，一定可以啊。”他立刻反驳我：“好什么，失联太久了，人再也找不齐了，只是想想罢了。”

我也学着电影里兔子的口气，说：“不，在动物城，只要你想就可以做到啊，愚蠢的狐狸。”

他听后笑了，整个晚上，唯一一次露出了，像二十岁做主唱时一样的笑容。

P.S. 我曾和主唱狐狸说过，如果写书，我想写一篇关于你的，你对我有没有什么要求……他一脸骄傲地回答：“写吧，爱怎么写就怎么写，把我往好了写就行了。”

不知道这算不算好呢？

朋友一场，
当然要逗你开心

文/排版002

最近听一个朋友吐槽，他百分之九十九的时间都被公司里的人际关系搞得不开心，现在每天都板着个臭脸，跟世界欠了他一个范冰冰似的。他还叮嘱我，千万不要企图把同事发展成朋友，不可能的，只会被捅刀子。

作为“同事间有真友谊”的坚定拥护者，原谅我对他的结论持反对意见。我们大忘路编辑部就是从同事变成很好的朋友的，我们相处的日常只有“哈哈哈哈”，没有臭脸，大家都像小太阳一样，只想发射正能量。

趁我还记得，想把这些日常记录下来。

保安在焦头烂额地找房子，而且誓死不搬出朝阳区，舍不得丢掉“朝阳群众”的身份。

他几乎把东边这一带的房屋租赁情况都摸了个遍，说以后租房可以找他了解情况。我在学日语嘛，知道了一些关于日语的笑话，便对他说："保安，你现在特别适合一个日本名字。"

"啥？"

"房屋中介。"

保安一万个不乐意。

"不行不行，我要叫保安七次郎。"

呸。

前段时间北京的大暴雨搞得我家漏水了，去找物业维修，物业说已经申请经费了，让我等消息就不理我了……

少女心跟我说，要是她们小区发生这种事，老太太们立马就上街拉横幅闹起来了，事情肯定一下就解决。

我觉得自己好㞞，她则替自己的未来感到担忧：

"好怕老啊……觉得当这样嚣张霸气的老太太好难，好怕丢南城的脸……"

我们之前都是杜蕾斯小编，所以平日里开黄腔什么的已然是一种习惯，有时候会忘了场合。

有一回我们在地铁上，我着急着看苏打绿演唱会的直播，就塞着耳机用流量打开了视频。

少女心问：“开始了吗？”

保安答：“结束了。”

说完我们就默契地一笑。坐保安旁边的妹子扑哧一声笑了出来，然后往边上挪了一个位置。

哎呀，把小姑娘吓到了真是抱歉。

可能因为顾忌少了，反而变得很坦诚。今年去香河看草莓音乐节的时候，路上很堵，保安突然尿急。

少女心说：“我刚喝完了一瓶养乐多，你把瓶子拿去用吧，不客气。”

保安马上保护男人的尊严：“开什么玩笑，把脉动拿来！”

一路上我们都这么插科打诨。

少女心最大的乐趣就是谈恋爱，但我们认识她的时候她就已经是单身了，所以我们有一个隐性的共同目标——帮少女心找对象。

但是少女心很敏感，我们都不敢随便给她介绍，怕她会觉得“×，原来在你们眼里我跟这样的人配？”而伤害友谊。

我们的文章很少开通打赏，有一段时间好几篇少女心的文章都被同一个人打赏了好几次，金额还挺大的。我们都以为是她的暗恋者，揶揄她的春天终于要到了！少女心那几天开心得就像谈恋爱似的，瞅谁都像她的暗恋者。

结果没几天收到一个粉丝留言："你们怎么最近都不能打赏了？我最近在追的妹子喜欢少女心，我就想让她在打赏下面看到我的头像讨她欢心，她还挺意外的，现在我们慢慢聊得挺近的……不管结果会怎样，还是挺感激你们的。"

少女心心都碎了。

但这件事一直被我们无情地拿来取乐，哈哈哈。

之前参加《鲁豫有约》录制的时候，保安一个人去的。别的人都是带着助理啊摄影团队啊，很专业也很大咖，他觉得他好像是十八线的艺人来走穴，毫不被重视，在群里寻求安慰。

少女心说："咱们本来就是十八线啊，你以为嘞？"

回忆起这件事的时候，觉得当时保安和鲁豫的对话很里约奥运会，很有游泳队的风格。

鲁豫："你来北漂是不是背后有很多故事啊？"

保安："没有。"

鲁豫："父母是不是挺不支持的，他们应该很想留你在身边吧？"

保安："挺支持的啊。"

鲁豫："写公众号很辛苦吧？红起来后是不是会有很多烦恼？"

保安："没有啊，因为都不红。"

哈哈哈。

大家有时候会互泼冷水。

保安勤勤恳恳在微博编段子，问什么时候可以接广告啊？

我说："快了，互动量突破两位数了，就差客户眼瞎了。"

少女心突然励志减肥，因为把电话语音听成了"您拨打的电话无人接听，请瘦后再拨"大受刺激。

保安说："瘦了之后只剩丑了，太明显，要三思啊，我都不敢瘦。"

我有一天在微博看见一条评论，很贴心，立马分享到群里，大意是这样："鹿晗"两个字念起来嘴角会上扬，就好像想到了喜欢的人，让人情不自禁微笑。

少女心立马很扫兴地说："保安的名字也是啊，你念念。"（指的是保安的真名。）

"擦。"

2016年初的时候我们去马来西亚的槟城跨年，订了一个优势就是"空间大"的酒店公寓，结果到了之后就蒙圈了，就是一个毛坯房。除了"大"啥也没有，跟我们在北京的出租屋没啥区别。

本来我们还想着退房，但是对方撂狠话不同意。后来有个当地人告诉我们，就是楼盖起来了卖不出去，拿来当酒店公寓出租，黑着呢，很多人都被骗了，但是有势力，没人管。

我们只好吃这个亏，但又想着既然钱都花了，也不能白花，总得干点什么吧。

于是我们就在这个大房子里比赛散步，当天的微信运动排第一。

其实同事能不能变成朋友，关键还是看自己。老是抱怨自己遇人不淑，也要审视一下自己是否值得别人深交。你自己都是一副苦大仇深的样子，怎么会有人愿意靠近你嘞。

忙碌一生，谁都会遇到很低谷的时候，好不容易交了个朋友，肯定要想办法让大家在一起时都开心啊，努力为彼此平凡的日子增添乐趣，才是朋友应该履行的义务嘛。

不要再板着臭脸啦，余生请多哈哈哈。

后　记

无非仗着有人喜欢

文/大忘路

很讨厌人家跟我聊人生。铺垫再多，到头来还是那套烂俗的成功标准。倒不如当下多做些有意义的事情。

没什么标准去定义什么样的事才叫有意义，但当它对别人起到哪怕一丁点的影响，你就会感到值得。

写公众号就是一件有意义的事。

记得之前推送了一篇文章分析男生在真爱面前的表现是胆小，连牵个手也会别扭半天，有个“受害者”留言说，他女朋友觉得他太主动太胆大了，一定不是真的喜欢她，他心急如焚地要我们帮他哄回女朋友。虽然本意并不是要拆散情侣，但讲的话这么被当一回事真的很得意啊。

也鼓励过不擅长拒绝的朋友要学会拥有被讨厌的勇气，也怂恿过长期暗恋不敢捅破窗户纸的朋友表白，也安慰过受原生家庭影响幸福感比较低的朋友 。

总有一小撮人在给予我们热情的回应，我甚至能记住那几个眼熟的 ID 分别失恋了几次、怨怼了老板几次、状态最差时是什么样子。

也正是在这个过程中发现了，我并不孤独，我所经历的事，难过得要命的、高兴得跳起的，在离我的坐标最远的某个角落里也有人在经历。

就是那句“你有故事，他有故事，谁他 × 没有故事”吧。

每个人都会有人生中的里程碑事件，这本书对我们来说就是。

自从明确了出书这件事后，我们就开始积极地扩充朋友的数量，毕竟以后要强迫他们一人买一本来捧场嘛。吼吼。

书里有些文章曾经在公众号推送过，看着它们一本止经地出现在书里又是别样的心情。虽然很难再去找回写下那些文字时的心境了，也会很遗憾地觉得有些措辞不够完美，某些观点暴露了自己是个涉世未深的少年，不过都不重要，那是对自己某一时期的成长记录，真实才是最可贵的。

还好早就找到了安慰自己的措辞：我们本事不大，只是仗着有人喜欢。

其实就跟谈恋爱一样，一个普通人，因为被另一个人注视，才发起了光来。

更何况我们是被好几十万人注视着。

这么讲虽然抹杀了自己的才华和努力，就跟那些成功人士都说自己靠的是中彩票的运气一样不诚恳，但也不要计较了，深爱不深究嘛。

很多人对我们好奇，其实我们过去最大的光环也只是当过两三年的杜蕾斯小编而已。纵然很享受业内盛誉，每天耍嘴贫想创意的日子也很快活，但内心始终无法安宁，年轻人的躁动、迷茫、功利、害怕一直伴随左右。

后来才知道，人总要经历那样的状态：战战兢兢又步履不停，就是硬着头皮往下走啦。

没有靠山，但可以依靠文字。那段时期，一直是靠莱蒙托夫这首诗度过的：

一只船孤独地航行在海上，

它既不寻求幸福，

也不逃避幸福，

它只是向前航行，

底下是沉静碧蓝的大海，

而头顶是金色的太阳。

这就是文字的作用，温暖有力量。

而现在，我们的文字也将会在不同人的不同生活状态中出现，陪伴他们度过某一段时间，想想就觉得我们也很了不起哦。

一想到可能会有人在脆弱的时候因为其中某篇文章而获得力量，就觉得这辈子值啦，不算白活。

希望若干年后会有人对我们说：“我是看大忘路长大的。”

2017年2月19日

图书在版编目（CIP）数据

大忘路：给你一个留在城市的理由 / 大忘路著 . — 长沙：湖南文艺出版社，2017.6
ISBN 978-7-5404-8076-9

Ⅰ . ①大… Ⅱ . ①大… Ⅲ . ①散文集—中国—当代 Ⅳ . ① I267

中国版本图书馆 CIP 数据核字（2017）第 093327 号

上架建议：畅销·散文集

DAWANGLU：GEI NI YI GE LIU ZAI CHENGSHI DE LIYOU
大忘路：给你一个留在城市的理由

作　　者：大忘路
出 版 人：曾赛丰
责任编辑：薛　健　刘诗哲
监　　制：毛闽峰　赵　萌　李　娜
特约策划：周子琦
特约编辑：张明慧
营销编辑：好　红　雷清清
装帧设计：利　锐
内文排版：百朗文化
封面插画：mouni feddag
内文插画：WANANNN
出版发行：湖南文艺出版社
（长沙市雨花区东二环一段 508 号　邮编：410014）
网　　址：www.hnwy.net
印　　刷：三河市鑫金马印装有限公司
经　　销：新华书店
开　　本：880mm × 1270mm 1/32
字　　数：160 千字
印　　张：7.5
版　　次：2017 年 6 月第 1 版
印　　次：2017 年 6 月第 1 次印刷
书　　号：ISBN 978-7-5404-8076-9
定　　价：38.00 元

质量监督电话：010-59096394
团购电话：010-59320018